CELUI D'EN FACE

DU MÊME AUTEUR

Le Train de 5 H 50, Arléa, 2004

Je t'aime beaucoup, Arléa, 2005

Gabrielle Ciam

CELUI D'EN FACE

arléa
16, rue de l'Odéon, 75006 Paris
www.arlea.fr

EAN 9782869597488
ISBN 2-86959-748-7

J'en ai fini avec le sexe. Je sais bien que dite comme ça cette phrase a l'air d'une provocation. Pourtant, je n'en trouve pas d'autre pour traduire cet extraordinaire sentiment de soulagement qui m'envahit chaque soir lorsque je me glisse dans la fraîcheur impeccable des draps, prête pour une nuit de repos, une vraie nuit immobile, sans effusion, sans corps à corps perlé de sueur, et surtout sans ces après laborieux, cœur affolé, peau violentée, et cette poisse au creux des jambes, qui, peu à peu, sèche et se craquèle, emprisonnant les poils dans une colle figée. J'ai eu ma part de ces vertiges-là. Je dors maintenant comme un bébé et, lorsque ma main, par inadvertance, se pose sur mon sexe, elle ne rencontre que la douceur soyeuse et ordonnée de la toison brune, petit coussin confortable qui appelle la caresse, ou plutôt une simple pression pour rien, pour jouer, pour s'endormir... Et si mes jambes s'écartent, c'est seulement pour prendre la mesure de mon lit, que j'ai voulu grand, presque trop grand pour moi. Je me souviens que l'achat de cette pièce centrale de mon mobilier, a correspondu au changement d'habitudes qui est intervenu dans ma vie dissolue. Dissolue est peut-être un peu fort, un peu présomptueux ; je me rabattrai donc sur le mot accompagnée. Il fut un temps, en effet, où dormir seule me paraissait la pire des choses, le pauvre aveu de mon incapacité à avoir une vie normale. Il me fallait quelqu'un dans mon lit, un homme de préférence, bien que quelques aventures féminines me prouvèrent que les femmes ont parfois autre chose à partager que des recettes de cuisine ou des adresses de coiffeurs. Les hommes se succédaient, certains posaient leur paquetage plus longtemps que d'autres ; tous trouvaient assez vite leur place à mes côtés. Les habitudes se prenaient sans heurts. Partager mon lit était à chaque fois une épreuve recommencée...

J'ai toujours pensé que l'aptitude à la solitude est une chose qui se conquiert de haute lutte, au prix de vrais renoncements. L'idée fausse que vivre à deux protège du vide qui peu à peu vous recouvre jusqu'à vous étouffer ou celle, encore plus fausse, que l'ensemble prime sur le particulier. Je sais maintenant qu'il n'en est rien. Mais je suis comme tout le monde : j'ai eu, moi aussi, des besoins irrépressibles d'appariement, d'aller par deux. Ma main a tenu d'autres mains, mon pas s'est ralenti ou a pressé l'allure quand il le fallait. Rien ne m'a comblée plus que de marcher avec un homme dans la rue et que tout soit accordé. Cette science de la déambulation amoureuse a régi nombre de mes attachements. Je ne sais rien de pire que deux corps qui ne trouvent pas leur cadence.

Oui, j'ai cherché l'âme sœur – ce qui, soit dit en passant, m'a toujours fait sourire –, l'âme sœur, et je ne sais quelle idée de fraternité tranquille. Les hommes de ma vie n'ont jamais été mes frères. Nos histoires ressemblaient à des combats, et c'est pour ça qu'ils sont partis. À chaque fois, j'étais malheureuse. Ils partaient, emportant avec eux leurs affaires, leurs objets, leurs livres, leurs disques, mais aussi et surtout leur odeur, le creux sur l'oreiller, quelques poils sombres dans la salle de bains. Ils partaient, rompant sans le savoir tous ces fils de vie patiemment tissés entre nous, et qui nous tenaient. Désemparée j'étais, mais, à chaque rupture, quelque chose était à l'œuvre et que je savais, tout au fond de moi, dans les replis de ma conscience de femme libre. Peu à peu, après les cris, les pleurs, les soirs à chavirer dans le mauvais mélo, toujours le même, l'alcool, les comprimés, le téléphone désespérément muet et un petit paquet de lettres déchirées posé en évidence sur la table du salon, venait l'idée du soulagement. Ces arrachements devenaient des allègements, et rien ne peut aujourd'hui me faire douter du contraire.

J'ai changé, ou, mieux, j'ai grandi. Ils sont venus, m'ont portée aux nues, m'ont fait jouir de tout et surtout de moi-même, leurs mains et leurs doigts me rudoyaient tendrement mais, croyant me façonner à leur guise, ils me perdaient. Plus ils semblaient maîtres de mon corps et de ma vie, plus je savais qu'ils ne m'avaient pas. Oh, je vous entends déjà : quelle solitude, quelle pauvreté, quelle dureté ! Je comprends cette réaction. Je pourrais l'avoir aussi, si nous échangions un instant les rôles et que je suive mon récit sur d'autres lèvres, dit par une autre femme, une de ces femmes seules au mitan de la vie, incapable d'avoir retenu ne serait-ce qu'un homme, pour partager ce qui reste de jours et de nuits. C'est facile, direz-vous, de transformer un échec en choix, voulu et assumé. Mais tout le monde sait bien que la solitude d'une femme, contrairement à celle d'un homme, cache d'autres choses, plus terribles et plus simples à la fois. Une femme seule, c'est une femme qui n'a pas été capable de ne pas être seule. Mais réfléchissez une minute, et transformer l'axiome en partant de la proposition inverse : une femme seule est une femme qui a choisi de l'être en se débarrassant peu à peu de toutes les difficultés à admettre cela. Je vous vois déjà, souriant avec douceur et commisération. C'est ça, c'est ça ! Il va falloir pourtant que vous vous débarrassiez de vos préjugés sur la question. Autrement comment pourrons-nous nous comprendre et même simplement parler ensemble ? Soyez gentil, faites cet effort, ou je ne pourrai pas continuer et ce serait dommage car, je vous l'avoue sans détour, j'aime vous parler. Votre curiosité m'est douce et bienfaisante. Je n'y vois aucun voyeurisme, et cela me repose.

J'en suis là.

Mais, si vous le voulez, arrêtons-nous un moment. J'ai peur que toutes ces considérations vous ennuient. À la vérité, je dois confesser un défaut : je psychologise trop. Quand on me lance sur le pourquoi, le comment, je suis intarissable. Disséquer, fouiller, remuer la vase, tout ça me convient ; mieux, j'en ai besoin. Après tout, j'ai quarante ans, un métier intéressant que j'aime, un compte en banque, un appartement qui me vient de mon père dans un quartier agréable et encore populaire de Paris, je veux dire par là qu'on y trouve sans chercher un boucher, un épicier, un marchand de fromages, le tout dans un périmètre qui n'excède pas cinq ou six rues, où la circulation n'est pas envahissante et où l'on peut encore s'imaginer en province, le samedi matin ou le soir vers dix-neuf heures. Quand je dis province, je pense à des villes comme Jonzac ou Sisteron, vous voyez ce que je veux dire ? Non, vous ne voyez pas, eh bien j'entends des villes de la France que l'on dit profonde, ce qui signifie en général que le ralliement à Paris par le train se fait avec une correspondance au moins. Vous y êtes maintenant, ces petites villes où il fait bon vivre quand on ne fait qu'y passer et où on entend encore le bruit des martinets qui scandent les soirées d'été. Bon, je ferme la parenthèse, je parlais de mon appartement, revenons à nos moutons. Où en étais-je ?

Oui, donc, une femme sans histoire. Pas de quoi en faire un plat ! Pourquoi faudrait-il trouver une raison à tout ça ? Et surtout aller chercher midi à quatorze heures pour expliquer que, finalement, la solitude est assumée, et, qu'en dépit des apparences, souvent trompeuses, comme vous le savez, le bonheur est bien là, dans le silence de l'appartement, posé délicatement comme un bibelot auquel on tient, au milieu du salon, par exemple, sur une table basse où l'on trouve aussi des catalogues d'exposition, (je me rends toujours aux grandes messes culturelles, c'est une hygiène de vie, la preuve que je continue d'apprendre, de ressentir, de m'émouvoir), quelques magazines de décoration, un seul suffirait d'ailleurs, tant ils sont semblables, et un vase toujours garni de fleurs fraîches, une habitude que j'ai prise il y a longtemps, un bouquet par semaine, que je m'offre à moi-même. Ou alors, on pourrait choisir de le mettre en évidence dans l'unique chambre, mais pas sur le lit, non, plutôt sur le coffre de bateau en camphrier qui lui fait face. C'est le seul meuble que j'ai voulu garder de mon père, à part l'appartement bien sûr.

Je me souviens de cette visite chez lui,

lorsque tout fut fini et que, pour la première fois, son trousseau de clés me fut donné, je ne sais plus par qui, le notaire peut-être, ou bien me l'avait-il confié à l'hôpital comme s'il savait déjà qu'il n'en aurait plus l'usage. J'ai mis du temps avant de pouvoir ne serait-ce qu'ouvrir un tiroir, ou déplacer les objets. De là à les emporter et les faire miens, la route fut longue. Ma mère, pourtant divorcée de lui depuis plus de quinze ans avait proposé de m'aider à tout débarrasser. Ce furent ses mots. Ils ne m'étonnèrent pas même s'ils m'ont blessée et lui ont fermé à jamais la porte de l'appartement où mon père avait tenté de se refaire un semblant de vie après qu'elle l'eut abandonné, demandant le divorce pour suivre un homme qui disparut bientôt lui aussi. Je devais avoir vingt-cinq ans au moment de leur séparation. J'avais déjà quitté la maison familiale et je n'ai pas mesuré à sa juste valeur la violence déguisée sous une apparente intelligence des deux camps.

Bien sûr, elle n'avait pas le beau rôle dans l'affaire : c'est elle qui partait. Elle était la méchante, celle qui abandonne, et elle assuma tout. J'étais loin, mais je devinai quand même la difficulté qu'elle avait choisie. Elle fut assez courageuse et alla jusqu'au bout, quitte à passer pour une femme terrible : mon père, lui, accepta le coup sans broncher, et ce que je pris tout d'abord pour l'ultime geste d'amour d'un homme qui fait passer le bonheur de celle qu'il aime avant le sien m'apparut assez vite, et dans des moments de grande lucidité où l'on s'applique à mettre à plat le passé pour mieux avancer, comme une vraie lâcheté ou, pire, un opportunisme déguisé en sacrifice. Je crois que j'ai quitté définitivement l'enfance lorsque j'ai compris que ce divorce arrangeait mon père, que cette rupture qu'avait osée ma mère, acceptant de faire voler en éclats plus vingt-sept ans de vie commune, il l'attendait en fait depuis longtemps et qu'elle n'était pas pour lui déplaire. Il se campa en victime consentante d'un désastre qu'il n'avait pas osé regarder en face. Depuis, j'ai mis mes pas dans les siens. Ce n'est jamais moi qui romps, m'épargnant ainsi toutes disconvenues liées à la culpabilité, mais je sais, comme lui, laisser pourrir les situations. Je mène doucement l'autre à la rupture, j'entrouvre la porte, je ne la claque jamais.

Dans le coffre sont rangés mes draps. Ils s'imprègnent subtilement d'une douce odeur de camphre qui m'endort plus sûrement que toutes les chimies du monde.

De part et d'autre du coffre, j'ai disposé deux bergères campagnardes, recouvertes de moire violette. J'aime ce contraste entre la solidité des bois et la préciosité ecclésiale du tissu. Si l'on ajoute deux tables de nuit de chaque côté du lit, c'est tout le mobilier qui compose ma chambre que j'ai voulue dépouillée et propice au repos. Voilà donc où je vis. Peut-être y viendrez-vous un jour ?

J'ai eu, hier, une impression étrange que je vous livre. C'était le matin. J'aime me promener nue lorsque je suis chez moi après ma toilette. Je ne suis pas de celles qui s'habillent dans la salle de bains. Je sortais donc de la douche et, après m'être séchée puis talquée (geste qu'on néglige trop et qui, pourtant, apporte un confort sans pareil), j'allais de la chambre au salon, quand, tout à coup, j'eus l'impression que l'on m'observait. Ce fut infime. Seulement l'idée que je n'étais plus seule. J'étais dans la chambre quand c'est arrivé. Mes yeux se portèrent alors sur la fenêtre. L'immeuble d'en face paraissait inhabité. Rien ne semblait trahir une présence, encore moins un regard. Tout était calme et, pourtant, plus les minutes passaient, plus je sentais qu'une chose nouvelle s'installait, une intimité, un moment partagé. Mais avec qui ? J'avais beau scruter les fenêtres les unes après les autres, je n'arrivais pas à déceler d'où pouvait venir la vie. J'étais là, devant le carré de soleil, immobile et nue, et pas un instant je n'eus l'idée de me couvrir pour continuer mon inspection. Je restais là, de plus en plus sûre qu'on m'épiait, et finalement consentante. Un seul geste de ma part, une retraite vers les profondeurs de l'appartement, aurait rompu le charme qui, je le sentais, s'installait.

Cela dura un peu, je ne saurais dire combien de temps, mais assez pour que je retrouve cette chaleur subite, cette vibration du corps qui soudain se souvient. Puis, tout alla très vite. J'imaginais ce regard sur moi, (je ne savais pas encore si c'était un homme ou une femme ; depuis, j'ai choisi et décidé qu'il s'agissait d'un homme, on ne se refait pas !). Ma main, qui semblait dissociée de mon corps, trouva sans manières l'endroit mouillé, et je pris un plaisir extrême, presque surprenant, vu la rapidité de la chose et aussi la position relativement inconfortable dans laquelle je me trouvais.

Je n'ai jamais aimé jouir debout. Tout me semble alors plus compliqué. J'ai besoin de me laisser aller, d'écarter un peu les jambes, de sentir mes fesses soutenues mais pas trop. Néanmoins ce fut très fort. On aurait dit que mon doigt, par la seule pression, déclenchait la vague qui m'emporta. Une seule vague. Comme la détonation claquante d'un coup de fusil. Ça faisait longtemps que je n'avais pas joui ainsi. Ça faisait longtemps que je n'avais pas joui tout court ! Le seul fait de vous le raconter aujourd'hui me met d'ailleurs dans un état bizarre. Comme une faim, un besoin d'ouvrir les jambes et d'y fourrer quelque chose qui remplisse, qui pénètre profond, sans trop bouger ni finasser. De la chair, du chaud, du dur.

Vous imaginez la scène : moi, debout, légèrement pantelante (c'est un mot que j'aime, pantelante, je ne sais pourquoi, c'est un mot qui sent le sexe), une main en coquille sur mon sexe qui brûlait et l'autre sagement pendante le long de mon corps, ignorant ce que la première avait entrepris.

Le plus étonnant, c'est que je n'eus pas besoin de solliciter mon imagination, de penser à toutes ces choses qui me viennent dans ces moments-là. Non, aucune de mes images mouillées, comme je les appelle, ne vint soutenir l'effort de mes doigts. Je n'avais qu'une chose présente à l'esprit : ce regard sur moi, la vision qu'il avait de moi et, peut-être aussi, à la toute fin, l'idée qu'une autre main, de l'autre côté de la cour, derrière ce mur qui ne me parlait pas, devant une autre fenêtre, je ne sais laquelle, se refermait tout à coup sur un sexe douloureux (à ce moment-là la certitude qu'il s'agissait d'un homme se fit naturellement) et accompagnait de loin, mais si près pourtant, le mouvement de ma main. C'était comme si nos deux souffles s'étaient accordés, comme s'ils se rejoignaient, quelque part, au milieu de la cour, à mi-chemin de cette ligne imaginaire et pure, que nos deux désirs avaient tracée, sans trembler, d'un coup précis et sûr. Je montais très vite, j'allais vers lui, et je voulais croire que cette queue tendue vers moi, là-bas, de l'autre côté, crachait pour moi et grâce à moi.

Vous ne dites rien ? Vous êtes choqué ? C'est vrai qu'avec vous les mots me viennent comme avec moi. Dites-moi, préférez-vous qu'on arrête ? Voulez-vous qu'on revienne à des choses plus générales ? Mais je serais déçue si vous ne pouviez me suivre sur ce terrain-là. J'ai toujours rêvé de pouvoir parler des choses du sexe, du sexe tout court, avec un homme. Rien ne m'ennuie plus que ces confidences entre femmes, ces récits un peu coupables mais volontairement affranchis que l'on déroule au long de ces soirées de filles, quand chacune y va de ses confidences. Je mens toujours lorsque je parle du sexe avec les femmes. L'idée du mensonge vous fait dresser l'oreille, c'est normal, c'est souvent grâce aux mensonges que l'on découvre la vérité, n'est-ce pas ? Peut-être. Il n'empêche que parler une fois sans tricher, sans ajout ni omission, ça change tout.

Je me souviens d'un homme – il ne fut jamais mon amant – que je voyais quelquefois et qui me racontait sa façon de faire l'amour, ou plutôt de jouir. Et il se confiait avec tellement de naturel que nous ne pouvions faire autre chose que parler et parler encore. Les mots qu'il employait, la précision qu'il mettait à décrire ces secondes d'avant le vertige m'aidèrent beaucoup. À chaque fois que ma main effleurait une queue, je pensais à ce qu'il m'avait dit de cette envie d'être frôlé un moment, avant d'attendre quelque chose de plus violent, de plus resserré. L'arrondi du pouce et de l'index règle avec précision ce besoin des deux. Est-ce en écoutant le récit minutieux de ses attentes que je sus, par la suite, faire durer, percevoir les battements sans fin, anticiper les désirs ? Peut-être. En tout cas, jamais je n'ai retrouvé cette intimité de mots, cette simplicité reposante, cette proximité qui, je vous le concède, interdisait de fait tout rapprochement physique. Nous passions des soirées paisibles, chez moi ou chez lui, analysant, recomposant sans fin la montée de nos désirs, et nos mots, pourtant brûlants, ne nous brûlaient pas.

Vous êtes là ? Vous écoutez toujours ? Non, ne répondez pas. Je n'ai pas besoin de réponse, seulement de savoir que vous êtes là, un peu comme celui d'en face. C'est comme ça que je l'appellerai, vous êtes d'accord ?

Il va faire beau aujourd'hui. Depuis quelques jours, Paris se vide. Je n'aime rien tant que cette parenthèse de l'été, lorsque, par deux fois, la ville s'allège et gagne en clarté, en silence, en douceur. Les nuits sont déjà trop chaudes, mais curieusement il y a dans cette touffeur quelque chose qui réveille. J'ai rangé la grande couverture et le tissu doublé qui sert de jeté de lit, et je n'ai gardé qu'un drap de lin sur lequel je m'allonge avec délices, goûtant la caresse un peu rude du fil tissé serré.

Je ne prendrai pas mes vacances en été. J'ai annoncé cela il y a quelque temps et j'ai vu que ma décision avait été accueillie avec un grand soulagement au bureau. La plupart de mes collègues étant mariés et ayant des enfants, mon effacement devant le repos estival en a arrangé plus d'un. Qu'ils aillent grossir les foules des plages ou des salles d'embarquement, c'est sans regret que je leur laisse les joies de la migration des juillettistes et des aoûtiens, comme les nomment si sottement les journaux télévisés. Cette année, ce sera sans moi, et je suis assez contente de pouvoir échapper à ça, d'autant plus que l'odeur et les couleurs de l'été n'épargnent pas les bureaux, qui sont alors bien plus reposants qu'on ne l'imagine. Ce petit goût de vacances au travail m'aidera à attendre mon heure. Partir en septembre est mon luxe, en fait celui de tous les célibataires. Il faut bien quelques compensations. J'aime faire les choses à l'envers. Oui, je sais, toute petite revanche, mais bon !

Mes journées se déroulent dans le calme. Je prends mon temps. Réveillée tôt par le vacarme – oui, même à Paris – des oiseaux qui nichent dans la cour, je paresse au lit, puis je me prépare, en douceur. J'entretiens avec mon corps une relation à éclipses. Le rythme est simple : de longues périodes d'oubli, où je ne lui donne que le strict minimum. Ma toilette est alors militaire, réglée à la minute, sans geste inutile. Ces matins-là, c'est à peine si je me regarde dans le miroir. J'entre dans la baignoire sans y penser, je me frotte le corps, les yeux rivés sur la ligne de faïence bleue qui ponctue la blancheur que j'ai choisie pour la salle de bains. Ces jours de rigueur, le gant de crin et l'éponge naturelle restent invariablement secs, les flacons bouchés et l'eau du bain n'a pas le temps de refroidir. Quelques minutes tout au plus, au point que j'ai quelquefois l'impression de passer du lit à la rue. Mais tout excès a son inverse. Et, pour ne pas faire mentir la théorie des contraires, je suis capable du pire comme du meilleur. Alors, les choses changent : ça commence par une débauche d'achats de produits en tout genre. De longues minutes à choisir la bonne argile, les pierres polissantes, les huiles parfumées, enfin tout ce qui laisse flotter cette odeur de reprise en main et d'eau de rose mêlée. Ma toilette devient un rituel, chaque partie de mon corps est objet de soin, je ponce, j'épile, je masse avec l'ardeur d'une courtisane bientôt choisie. Ne voyez pas dans cette contradiction je ne sais quel penchant au déséquilibre. Faites-moi grâce de ces mots barbares comme maniaco-dépressive ou cyclothimique. Ça me fait sourire. Je crois, et au risque de vous décevoir, que beaucoup de femmes sont comme ça. Elles ont envie ou non. C'est aussi simple que ça. Pourquoi devrait-on une fois pour toutes choisir son camp ? L'envie n'est pas une valeur sûre, elle fluctue, baisse catastrophiquement puis atteint des sommets que vous ne soupçonnez pas. Et je prends les devants car je vous vois venir : parlons du sexe, puisque c'est ce à quoi vous pensez. Une femme qui ne passe pas plus d'un quart d'heure à sa toilette est-elle pour autant une souillon ? Et une femme qui n'a plus envie de faire l'amour, comment appelle-t-on ça ? Une frigide ? Tout cela est bien ennuyeux ! Savez-vous pourquoi ? Parce que c'est faux, même si, dans un endroit inaccessible de notre conscience, nous y souscrivons. Il m'a fallu du temps pour accepter l'évidence que le sexe ne m'intéressait plus, ou qu'il m'intéressait moins. Comment vous expliquer le repos que ce constat m'a apporté ? Ne soupirez pas et, je vous le dis, ne cherchez pas de contre-argument pour me convaincre du contraire. Laissez-moi dans cette paix. Faites ça pour moi.

Ce matin, c'est la fraîcheur de l'air qui m'a réveillée. La fenêtre grande ouverte déversait dans la chambre cette eau de lueur blanche et de satin froissé. Il faisait bon tout à coup, et la touffeur de la nuit cédait enfin, comme l'ombre qui, peu à peu, se teintait de violet. Déjà, derrière les toits que j'aperçois de mon lit, le recommencement s'annonçait. J'aurais pu dormir encore un peu, mais la langue froide qui me léchait les jambes m'a tirée du sommeil. Dommage, nous étions samedi, et rien ne m'appelait au-dehors.

C'est de la cuisine que je l'ai vu. Il se tenait en retrait de la fenêtre ouverte. Je l'ai vu. Je le sais. Quelque chose comme une silhouette attentive, immobile et calme, droite dans la pénombre. Un choc. Croyez-moi. Un premier contact qui m'a laissé le goût d'une électrocution légère, comme lorsque vous débranchez quelque chose et que la prise semble encore chargée d'une électricité qui vous fait sursauter. Mes yeux balayaient machinalement la façade d'en face, repérant au passage les volets fermés pour cause de vacances, quand tout à coup, une trouée sombre a aimanté mon regard. Il était là, j'en suis sûre ! Vêtu d'un tee-shirt blanc qui faisait tache, il illuminait le tout. J'aurais juré qu'il fumait. Je voyais assez distinctement sa main se porter vers ses lèvres, puis le mouvement un peu las qui l'en éloignait. Je fus saisie. On entendait le crachotis du café qui passait par à-coups dans la verseuse. J'étais debout, incapable de faire un geste, ni reculer, ni avancer, ni tourner sur moi-même pour rejoindre le seuil de la porte pourtant tout près de moi et qui m'aurait mise à l'abri de ce faisceau brûlant. J'ai pensé, je ne sais pourquoi, à ces animaux tétanisés, pris au piège de la lumière des phares qui les affolent et les clouent sur place. Il savait sûrement que son regard, obscène dans sa tranquillité, me tenait plus que si ses bras m'avaient enserrée. Et je les sentais justement, ses bras, qui me tenaient violemment, je sentais son ventre qui, peu à peu, trouvait sa voie à travers le tissu de ma chemise de nuit, le haut de ses cuisses dures et méchantes qui cognaient contre les miennes. Mon corps entier se diluait comme une eau, et j'eus soudain ce vide dans le ventre, dans le creux des seins, des épaules, qui me fit me courber légèrement en avant. Il voyait tout, je le sais. Il sentait ma faiblesse, et j'eus alors besoin, oui, besoin de lui montrer.

Ce fut un mouvement très doux. Mes mains, délicatement, remontèrent ma chemise sur mon ventre puis, plus haut, sur la poitrine. J'étais là, debout, lui offrant pour la première fois mes seins à regarder. Je ne compte pas son tout premier regard, l'image de moi qu'il me vola, comme vous le savez. Je pris mes seins à pleine paume, comme deux fruits dont on veut faire admirer la rondeur, et je les avançai légèrement vers l'embrasure de la fenêtre. Mes doigts en pinçaient machinalement les bouts qui bientôt me firent mal. Je voulais qu'il les prît dans sa bouche, je sentais l'odeur du tabac encore chaud qui, tout à coup, se mêlait à celle du café. Puis ce fut une montée délicieuse, délicieuse et délicieusement vide. Quelque chose qui n'existait pas, ou si peu et, pourtant, qui remplissait la cuisine. Il n'y avait plus de gestes, plus d'air remué, rien qu'une idée de gestes, et cela suffit. Pendant tout le temps que dura ce moment, mes yeux ne quittèrent pas les siens. De cela je suis sûre. L'air s'était éclairci entre nous. La cour peu à peu naissait au jour, et les oiseaux commençaient leur va-et-vient entre les gouttières et les branches des arbres qui nous séparaient. On entendit sonner sept heures, et ces accrocs dans le silence nous séparèrent. La tache blanche disparut, et je restai là, à contempler le vide, les doigts desserrant peu à peu la chair qu'ils avaient pétrie avec rage. Deux rougeurs à peine visibles et l'odeur du café qui commençait à grésiller.

Plus tard dans la journée, j'ai dormi. Ça m'arrive quelquefois, surtout l'été. J'aime ces siestes appliquées, sans mouvement, où le corps bascule sans prévenir, avec une politesse qui tient de l'exploit. Je m'allonge sur le lit, j'attends paisiblement que l'application à fermer les yeux se fasse de plus en plus légère, jusqu'à disparaître avec la conscience de toute chose. Je peux alors dormir une à deux heures, d'un sommeil amical. Mais là, rien de tout ça : le matin s'était passé dans une sorte de désœuvrement fiévreux. J'avais vaqué d'une pièce à l'autre, commençant des rangements bien vite interrompus, de longues périodes d'immobilité, les yeux dans le vague à réfléchir. À quoi ? me direz-vous. Eh bien, devinez ! J'avais décidé de ne pas sortir. Rien ne m'y obligeait, et je crois que m'éloigner m'était impossible. Mais, par un bizarre renversement des choses, je m'appliquais à ne pas rester trop longtemps devant les quatre fenêtres où tout m'attirait. Par ruse, je jetai quelquefois un regard au-dehors, repérant du premier coup la fenêtre ouverte depuis le petit matin, mais où plus aucun signe de vie ne se manifesta. Ce ne fut que plus tard que je me rendis compte que tous mes mouvements dans l'appartement tournaient autour de cette interdiction tacite que je m'étais faite à moi-même : ne plus regarder, surtout ne plus regarder. Ce jeu de cache-cache me tint jusqu'à midi. J'étais tellement occupée à respecter ces nouvelles règles que je ratai le seul événement notable de ces heures qui n'en finissaient pas : ce fut bien longtemps après que je découvris avec stupeur la fenêtre fermée. On avait fermé la fenêtre. Il avait fermé la fenêtre, et sans que je le voie. Ce constat me fit l'effet d'une gifle. Ce simple changement me bouleversa. Et il amena avec lui tout un flot de questions qui, depuis, me torturent.

À peine allongée sur le lit, j'attendis le sommeil, sûre qu'il emporterait avec lui l'emballement dans ma poitrine, le bourdonnement de mes tempes, et peut-être aussi ce début de peur qui, je vous l'avoue, commençait à m'envahir. Et si j'avais à faire à un fou, un maniaque, dont l'insidieuse présence me rendrait bientôt la vie impossible ? Après tout, on connaît ces histoires de harcèlement, ces récits de voyeurs qui finissent mal, obligent à déménager, à se cacher pour de bon, de peur d'être retrouvée et retrouvée encore. Cette version, loin de faciliter mon sommeil, me jetait dans des affres terribles. Je me trouvai inconsciente d'avoir agi de la sorte. L'image de mon corps offert à la fenêtre, ces gestes de provocation me paraissaient tout à coup le comportement d'une folle, d'une irresponsable qu'on retrouverait bientôt violée et laissée pour morte dans la montée d'escaliers. Mais malgré tout, ce noircissement de la situation ne tenait pas longtemps. Quelque chose en moi résistait, qui privilégiait un autre lien, un partage encore mal défini mais qui trouverait sa justification. Ce fut dans un assaut de questions plus acceptables que je sombrai dans un sommeil lourd, percé de rêves si embrouillés qu'ils me laissèrent fatiguée comme jamais. Je ne pus me lever tout de suite. Heureusement, j'avais, par représailles, ou par bon sens domestique entrebâillé les volets, ce qui plongeait la chambre dans une pénombre apaisante qui finit par me rasséréner.

Et c'est, je vous demande de le croire, à partir de ce moment-là que ma vie changea.

L'idée du repos est fragile. Voulez-vous que nous en parlions ? Toutes ces théories sur la vie, ces certitudes affichées ne sont qu'un voile sur du vent. Et même si l'image me fait bouillir, j'en aime l'idée : un voile sur du vent. Eh bien, réjouissez-vous : le voile se gonfle peu à peu, il s'envole et va bientôt laisser apparaître ce pour quoi je vous semble si intéressante. Il faut savoir accepter certaines défaites. Je vous offre volontiers celle de ma tranquillité. Voulez-vous connaître les premiers signes de mon abdication ? Je sais qu'à vous je peux parler sans tricher, sans rien omettre, sans me donner une fois encore le beau rôle.

Tout commença par l'envie de claustration. Oui, voilà dix jours déjà que je ne sors plus de chez moi. Enfin, pas tout à fait, vous voyez comme tout de suite je suis excessive. Je continue de me rendre au travail, mais de façon si mécanique que ça ne compte presque plus. C'est un peu comme si le trajet qui me sépare de mon bureau était bordé de fils électriques et que la moindre incartade me serait fatale. Je sors de chez moi, je m'engouffre dans le métro et rejoins la rue de Rome en un temps record. Je marche le regard absent, fermée au monde qui m'entoure, perdue dans mes pensées. Je n'ai qu'une envie : que les heures de la journée, surtout celles, interminables, de l'après-midi, lorsque l'aiguille de ma montre amorce cette dernière descente qui n'en finit pas, passent enfin et me libèrent de ce rôle de femme responsable sur qui l'on peut compter. Heureusement, comme je vous l'ai déjà dit, le travail s'est ralenti au bureau. Nous sommes moins nombreux et cela m'évite d'avoir à parler ou d'accepter de déjeuner avec une collègue, tu viens, on grignote une salade en vitesse ! Je crois que dans mon état je ne pourrais pas soutenir une conversation banale, quelque chose entre demi-confidence et derniers achats de fringues. Non, ça, je ne le pourrais pas. Je préfère le silence et j'évite la cafétéria d'entreprise. Je choisis plutôt des brasseries un peu éloignées du bureau, dans des rues où je sais que je ne rencontrerai personne de connu. Là, je reste attablée devant des salades parisiennes ou des tomates mozzarella et je réfléchis. Que se passe-t-il au juste dans ma vie ? Ne suis-je pas en train de dérailler complètement, de perdre la notion du raisonnable, de la réalité, de la mesure ? Souvent m'effleure l'idée que tout cela n'existe pas, que je me fais des idées. Après tout, rien ne prouve qu'il ne s'agisse pas d'un concours de circonstances, un hasard dont je me suis emparée pour construire une histoire, une fantasmagorie. Mon goût du romanesque me joue-t-il des tours ? Je déroule et déroule encore le film des derniers jours, j'examine les indices, me trompe un peu dans la chronologie : la première fois, il était immobile, il fumait, la fenêtre était fermée, ouverte, j'étais dans la chambre, non, dans la cuisine. Puis, tout se brouille, je me lève, abandonnant sur la table mon assiette à peine entamée et je retourne au bureau dans un état de confusion totale, n'ayant trouvé aucune réponse satisfaisante, rien qui pourrait m'apaiser.

Vous voyez à quoi ressemblent mes journées ! Pour apporter de l'eau à votre moulin, je parlerais d'une certaine désorganisation de l'esprit. Je sais que cette idée n'est pas pour vous déplaire, qu'elle vous rassure même sur mon compte. Enfin les verrous sautent, enfin l'armure se fissure ! La belle mécanique était bien huilée, tout semblait tourner à merveille, et voilà que le grain de sable est là, qu'il enfle entraînant avec lui la fragilité, l'incertitude et l'inattendu.

Mais il est sûr que, chaque soir, c'est en femme attendue que je rentre chez moi. Je presse le pas, à vrai dire je cours presque sur le dernier trottoir, je vérifie ma silhouette dans le miroir de l'ascenseur. Et, une fois la porte refermée sur le monde, je me retourne enfin vers la fenêtre et j'ai l'impression de naître à la vie.

Hier, j'ai pris une décision : ça m'est venu d'un coup et ce fut si impérieux que j'ai abandonné immédiatement ce que j'étais en train de faire pour mener à bien mon idée.

Je classais des papiers, répondais au courrier, honorais des factures. Bref, tout ce que l'on remet généralement à plus tard et qu'on finit par faire en une fois avec le sentiment du devoir accompli. J'ai laissé les papiers sur la table du salon et je me suis précipitée dans la chambre. Là, j'ai changé mon lit de place. Il a fallu pour cela que je déplace aussi le coffre et les deux bergères. Ce fut assez difficile, surtout pour le lit, qui, comme je vous l'ai dit, est un grand modèle. Le sommier m'a donné un peu de mal, mais rien n'aurait pu arrêter ma détermination. Il est donc maintenant en face de la fenêtre, et je découvre, une fois allongée, la cour, les arbres et la façade du fond où je peux, sans même relever la tête, observer chaque ouverture. C'était bien sûr le but de la manœuvre, mais je dois avouer que, même sans cette arrière-pensée, la chambre est beaucoup plus accueillante comme cela. Je me suis plusieurs fois allongée pour faire des essais, et je crois que je n'aurai pas de mal à m'habituer à cette nouvelle configuration. Je suis de ceux qui accordent une grande importance à l'orientation du lit par rapport aux points cardinaux. J'ai donc fait un rapide calcul pour savoir si mon corps bénéficierait des bons influx cosmiques. Je me suis un peu embrouillée dans la rose des vents puis, en prenant comme repère la tour Eiffel, dont, je ne vous l'ai pas encore dit, j'aperçois le haut de ma chambre, je suis arrivée à la conclusion que je dormirai désormais la tête à l'est et les pieds à l'ouest. Je ne sais si c'est la meilleure orientation, ayant oublié la formule idéale, mais j'ai décidé que ce serait une bonne, une très bonne disposition. Pendant tous ces déménagements, la fenêtre d'en face est restée fermée. Ce que j'ai préféré, d'ailleurs. Je n'aurai pas voulu que celui d'en face assiste à ces ébats de déménageurs. Ce sera une surprise. Je la savoure déjà.

Le reste de la journée s'est passé dans l'attente du soir. Je me suis cantonnée au salon, à la cuisine, m'interdisant d'aller dans la chambre et évitant l'embrasure des fenêtres. J'ai reçu plusieurs coups de téléphone, dont un de ma mère qui se plaignait, bien sûr, de mon silence. Notre échange a été assez bref même si, je le crois sincèrement, j'ai fait l'effort d'être attentive à ce qu'elle disait.

Ce n'est ni le lieu, ni le moment de vous parler de mes rapports avec ma mère, mais il faut que vous sachiez que nous revenons de loin, toutes les deux. Et ce n'est pas une clause de style, croyez-moi. Longtemps, ma mère a été pour moi, l'unique, le seul modèle de femme. Petite, je voulais lui ressembler de toutes mes forces. Être comme elle, parler comme elle, m'habiller comme elle. J'étais si fière lorsqu'elle venait me chercher à l'école ! Il y avait en elle une grâce que je n'avais pas, mais que je ne désespérais pas d'atteindre, la regardant et la regardant encore. Elle formait avec mon père ce qu'on appelle, par un raccourci qui ne veut rien dire, un couple idéal. Elle fut une mère parfaite, au sens pratique du terme. J'ai été comblée, élevée comme une fleur de serre, dûment arrosée et nourrie. J'ai tout eu : les leçons particulières, le piano, l'argent de poche, les voyages qui ouvrent l'esprit aux quatre coins du monde, l'Afrique de Karen Blixen, l'Inde de Kipling et des Maharadjahs, Le Cuba de Castro, les mosaïques de Torcello, bref, une enfance et une adolescence dorées. N'allez pas croire pour autant que j'eus tout cela pour compenser je ne sais quel manque affectif ; non, j'ai eu aussi les franches discussions dans le respect de mes opinions, la tendresse et l'amour, l'amour et la tendresse, puis l'effacement, la cage que l'on ouvre pour laisser l'oiseau s'envoler.

Car ma mère comprenait tout, sentait tout et finissait même par anticiper mes désirs de solitude, de liberté, d'autonomie.

D'où vint la fêlure, me direz-vous ? Eh bien, tout a changé le jour où elle quitta mon père. Je n'ai pas compris, alors, ce qu'il lui avait fallu de courage pour tirer un trait, abîmer son image, écorner cette perfection qu'elle avait toujours été pour moi. Elle s'en alla, emmenant avec elle les souvenirs de notre bonheur. J'avais vingt-cinq ans, mais je ne lui trouvai aucune excuse. Pour moi, elle quittait mon père. C'est tout. Quelque chose s'est fêlé ce jour-là, sans doute par ma faute, mais le mal était fait. J'ai mis du temps à admettre qu'il s'agissait de sa vie, de son histoire. C'était trop tard. Le pli du silence et de la méfiance était pris. Depuis, nous nous sommes retrouvées, mais je porte en moi le remords de l'avoir un jour jugée. Qui sommes-nous pour juger nos parents ? Sommes-nous si sûrs de faire mieux ?

Vous voyez comme vous êtes, je ne voulais pas vous parler de ma mère et voilà que vous me laissez m'épancher. Vous êtes bien comme les autres, faisant feu de tout bois ! Notre coup de téléphone s'est plutôt bien passé, et je lui ai promis d'aller la voir bientôt. Cela m'obligera à sortir, ce qui, je crois, me fera du bien. Il faut, je le sens, que je lutte contre cette envie irrépressible de ne plus bouger et d'attendre.

Puis le soir vint. J'allais bientôt inaugurer la nouvelle disposition de ma chambre. Me croirez-vous si je vous dis que je me suis préparée avec le soin d'une future épousée ? Je voulais être parfaite, impeccable de la tête aux pieds. Pourtant j'ai été prise par un sentiment de timidité. Quelque chose me retenait de m'allonger, comme si tous les occupants de l'immeuble d'en face allaient assister à mon coucher. Mais un coup d'œil me rassura. Tout avait l'air calme. Personne aux fenêtres et, même si quelques-unes étaient ouvertes, on sentait que la vie se cantonnait à l'intérieur, et que rien, dans la cour, n'aurait pu en faire changer la gravitation.

Avez-vous remarqué comme, à Paris, les cours d'immeuble ou même ce qu'on appelle les puits de jour (mot qui m'a toujours fait rêver et frissonner en même temps) sont des lieux très neutres ? C'est comme si les habitants de l'endroit avaient décidé de ne pas faire attention aux autres. Cela donne un étrange mélange de proximité et d'indifférence, où chacun reconnaît l'autre sans le connaître vraiment. Il y a le couple du troisième, la dame qui donne à manger aux pigeons, l'étudiant du sixième. Bien sûr, on enregistre presque malgré soi des habitudes, des horaires, mais tout ça reste léger, sans réalité.

J'ai examiné avec attention l'immeuble d'en face, et j'en ai déduit que beaucoup d'appartements devaient être désertés pour les vacances. Au quatrième étage, la troisième fenêtre en partant de la gauche était fermée aussi. Mais, en appuyant le regard, on pouvait discerner un halo de lumière qui se concentrait sur une des portes de communication. Celui d'en face était sûrement là, mais dans une des pièces qui donnaient sur la rue. Cette constatation me remplit d'une joie inquiète. Il fallait seulement attendre.

Je ne sais pas combien de temps j'ai attendu. J'avais ouvert en grand la fenêtre et éteint toutes les lampes sauf une petite boule en papier japonais qui diffuse une lueur de veilleuse. J'avais chaud. Le lin du drap se mouillait peu à peu et le contact du tissu sur ma peau me faisait frissonner. À intervalle régulier, un souffle d'air brûlant faisait bouger l'air de la pièce, enveloppant tout comme une haleine. J'attendais. Mon corps attendait. Ma peau, mes cheveux, mes lèvres, mes seins attendaient. Mes mains, parfois, effleuraient mes jambes, soulignaient doucement mes hanches, dessinaient des ronds sur mon ventre. Mais très vite j'ai arrêté ça, comme si son absence m'intimait l'ordre de rester tranquille.

Alors mon corps se transforma en statue. Il devint lourd, compact. Seul mon esprit s'échappait. Puis ce furent des images sans suite, de l'eau qui coule, des peaux qui se frottent, qui perlent, des mains qui prennent, ouvrent, des doigts qui sentent, odeurs de musc, de salé, d'amer. Je ne sais pas combien de temps ça a duré. Je n'avais plus la notion du temps. J'étais juste une attente. J'étais seule, allongée dans une lumière mourante, et je n'étais qu'un désir. Rien n'aurait pu me combler. Mes doigts ne me servaient à rien. J'étais fermée, sèche et douloureuse. Non, rien n'aurait pu me calmer. Même une queue, même dix queues ensemble, sur moi, en moi. Je n'en voulais pas. Ce que je voulais, c'était qu'il me regarde, qu'il pose les yeux sur moi, de loin, à l'affût, et qu'il me voie m'offrir. Sans lui, je ne pouvais rien. Et cela dura, dura, des minutes entières, rebondissant dans la nuit qui avançait, rythmée par le clocher voisin, des coups à n'en plus finir ; combien ? Je ne sais plus. J'ai sûrement dormi un peu, oh, pas longtemps, quelques minutes, de loin en loin. Lorsque je rouvrais les yeux, je ne bougeais pas, n'osais pas me lever, si jamais j'avais raté quelque chose, un signe, un appel. Je devais rester là, il finirait bien par venir. Il viendrait.

Il a ouvert la fenêtre d'un coup sec. Un bruit qui a résonné étrangement sur les murs de la cour. Je n'en revenais pas de le voir là, si calme, les deux mains sur le rebord de l'assise, comme quelqu'un qui prend l'air tranquillement. Le clocher sonna trois heures. Toutes les fenêtres étaient éteintes. Il ne restait plus que lui et moi. Et tout se délia. Nos yeux se trouvèrent et j'eus l'impression que ces heures passées à l'attendre n'existaient plus. Mon corps se réveillait, mes jambes retrouvaient leur mobilité. Je fus contente d'avoir changé le lit de place. Placé comme il l'était, tout était plus simple : moi, couchée devant la fenêtre et lui, debout, surplombant un peu la chambre. Il y eut ce moment de grâce, ce besoin, partagé, de se réapprivoiser. Il était là, en face de moi, assez loin pourtant pour que son corps reste une idée de corps, et il ne bougeait pas. Et soudain l'envie revint avec une telle force que je me mis à gémir doucement. Alors mes cuisses s'ouvrirent. Il les vit s'ouvrir. Puis il vit ma main et mon bras, et ma tête qui, peu à peu, se rejetait en arrière.

Tout fut très lent. Je voulais qu'il voie tout, et qu'il attende un peu. Je crois qu'il y avait dans ma façon de faire durer les choses une envie de le punir de s'être montré si tard. Mes jambes s'écartèrent encore. C'était comme un immense besoin de montrer, de mettre à jour ces chairs qui palpitaient. Je n'eus pas besoin de longtemps pour trouver le bon rythme, la juste pression du doigt qui déjà glissait dans cette crème que j'aime tant. J'avais envie de jouir mais, soudain, quelque chose me retint et arrêta net le mouvement de ma main. La silhouette jusque-là immobile se mit à bouger. Oh, ce fut imperceptible au début : comme un tressaillement de l'ensemble, un léger tremblé qui peu à peu s'affirma. Ses mains quittèrent l'appui de la rambarde, se perdirent derrière le dessin compliqué de l'appui fenêtre et défirent lentement la ceinture du pantalon. Je vous mentirais en vous disant que je voyais nettement, mais je ne rêvais pas, et je compris alors qu'il s'était sorti et qu'il se branlait méthodiquement. Croyez-moi, c'était une image renversante ! L'idée de ce que je ne voyais pas suffisait à me tremper pour de bon, avec cette douleur au ventre, ce cœur qui palpite au fond du trou, ce durcissement de la peau à l'intérieur des cuisses, cette morsure qui prend les fesses et ne les quitte plus. Mais mon doigt ne tournait plus, c'était ma main tout entière qui empaumait ce fourmillement de vie. C'était brûlant et mouillé, et douloureux et frais. Mes yeux ne quittaient pas ce bras qui semblait battre sur un tambour, ce va-et-vient de plus en plus rapide, et le corps qui s'affaisse, légèrement, si légèrement, comme vaincu par la force incompressible qui peu à peu le submerge, et le cou qui se tend vers l'arrière, déplaçant la tache claire un peu plus loin vers l'intérieur. Je regardais tout ça et je voyais autre chose encore. La main serrant puis laissant glisser le velours de la queue, les jambes se raidissant et les pieds en ventouses sur le sol pour rétablir l'équilibre qui, peu à peu, fuyait sous la montée du plaisir, toute cette désorganisation du corps, cette infime déportation vers l'abîme, l'inconnu et l'oubli de soi. Je ne pensais qu'à une chose : cet afflux de sang qui l'avait pris, gonflant sa chair tendue. Il me sembla qu'il s'arrêtait aussi, refusant d'abdiquer déjà, et ce rappel à l'ordre, cet arrachement douloureux me donna, à moi, le signal de la poursuite. Comme on passe un témoin, il s'immobilisait pour que je le remplace. Je poursuivis donc ce qu'il avait commencé, et mon doigt reprit sa danse que rien ne pourrait interrompre. Je jouis si fort que mon corps se recroquevilla sur le côté, le mouvement de mes cuisses emprisonnant quelques secondes encore le vertige. Lorsque je me retournai vers la fenêtre, j'eus le temps de l'apercevoir, le buste plié sur la rambarde, une main s'y agrippant et l'autre le long du corps, comme oubliée et enfin au repos.

Je ne sais combien de temps a duré l'instant qui suivit. Une paix absolue se fit dans la cour, qui nous enveloppa tous les deux, distants de quelques dizaines de mètres, mais j'aurais juré que nous étions allongés côte à côte, les jambes entremêlées, reprenant notre souffle à la même cadence. Oui, j'aurais juré de ça, et c'est en sentant ses bras m'enlacer que je me suis endormie, d'un sommeil paisible et sans rêve qui me mena jusqu'au milieu de la matinée.

Ne refaites plus jamais ça : disparaître une semaine entière sans explication, me laissant sans nouvelle, prête à presque tout pour vous retrouver. Nous avons maintenant partie liée, et vous êtes en quelque sorte responsable de moi. J'aime l'idée de vous devoir mon repos. Vous savez que j'aime vous parler, et cet effacement inexpliqué m'a plongée dans l'effroi. J'ai même failli penser que notre conversation pouvait vous lasser ou pire vous mettre mal à l'aise. C'est pourtant notre dessein. Tout dire, ne rien omettre, laisser de côté les finasseries, les omissions volontaires. Rien que les faits, la sensation pure, les mots sur les images. Parler de sexe avec vous me délivre sans éveiller en moi ce frémissement qui gâche tout. Cette longue semaine a ouvert la porte aux supputations les plus folles, dont celle, assez troublante pour moi, que, peut-être, mes mots pourraient vous émouvoir, mes confidences vous exciter, et que vous perdiez, peu à peu, cette neutralité qui absorbe tout, le pire comme le meilleur, confondant tout dans un seul mouvement : la délivrance. C'est ça : je me délivre avec vous ; je saute tous les obstacles, et d'abord celui de la pudeur, qui, comme vous le savez, permet toutes les feintes et tous les compromis. Ce que je veux c'est vous montrer l'intérieur de moi, vous prendre par la main et vous guider jusqu'au noyau, jusqu'à cette lave qui clapote sans jamais se déverser. Je ne suis pas sentimentale. C'est un mot que vous n'aimez pas, je le sais. Un de ces mots vagues et bonaces, qui peut, selon le contexte, traduire le blanc comme le noir. Mais je n'en trouve pas d'autre pour exprimer ce que je ne veux pas être avec vous. Donc, pas de sentiment. J'ai peur quelquefois d'avoir vu trop grand. Autrement dit, suis-je à la hauteur de ce pari-là ? Votre absence m'a ébranlée. J'ai été obligée de me rendre à l'évidence : vous me manquiez. Puis vint cette curiosité si féminine (vous tendez l'oreille ? je le sais, toujours cette manie de catégoriser les choses. Féminin, masculin. C'est le neutre que je veux entre nous), cette curiosité féminine, donc, de savoir où vous étiez, ce que vous faisiez et avec qui. Oui, j'étais jalouse, bêtement, trivialement jalouse. J'étais prête à renifler vos vêtements, faire vos poches, inspecter votre carnet de rendez-vous.

Voilà, je m'en doutais, je vous donne l'occasion de me prendre en défaut et vous n'en faites rien. Pire, vous retournez ça en ma faveur, me parlant d'un mal plus que nécessaire, un manque qui prouve ma fragilité et donc ma sensibilité. Je vous vois rassurant là où je vous voulais intraitable. Décidément vous êtes plus fort que moi ! Et pour parfaire votre théorie sur la faiblesse existentielle je vais vous faire cadeau d'une confidence dont je ne suis pas fière, mais qui s'inscrit parfaitement dans votre grille de lecture. Elle devrait, si je vous suis bien, me sauver définitivement du spectre menaçant de la froideur cérébrale qui me guette.

Vous verrez que, sous mes airs si sûrs, se cache un cœur de midinette, un peu perdue et très seule, prête à sacrifier à tous les désordres irrationnels et franchement ridicules. J'ai, comme je vous l'ai dit, beaucoup pensé à vous durant ces derniers jours, mais, quitte à vous décevoir, vous ne fûtes pas le seul objet de mes pensées.

Par un hasard dont on pourrait dire qu'il n'était pas un hasard, celui d'en face disparut lui aussi. La fenêtre du troisième resta fermée, et, détail qui sur le moment me remplit de panique, quelqu'un avait tiré les voilages, de sorte que je ne pouvais plus voir à l'intérieur. Une observation et deux questions m'occupèrent deux jours entiers. Il y avait des voilages, chose que je n'avais jamais remarquée puisqu'ils étaient constamment tirés de part et d'autre du rectangle de la fenêtre. Cette observation ne présentait pas, en soi, de menace quelconque, mais les questions, elles, n'étaient pas aussi anodines. Qui avait tiré les rideaux, et pourquoi ? Cela m'occupa longtemps. Je passais par toutes sortes de conjectures : il est parti pour quelques jours, la femme de ménage est venue et, instinctivement a tiré les rideaux d'un geste machinal, comme pour parfaire l'ordre remis par ses soins. Elle fait le ménage, remet tout en place, tire les rideaux et s'en va. Thèse possible, à tout le moins concevable à laquelle je m'accrochais solidement quelque temps. Mais très vite se présentait une version plus pessimiste : il avait tiré lui-même les rideaux et, ce faisant, il m'indiquait son retrait, sa volonté de ne plus jouer. Cette fenêtre habillée de coton vaporeux me signifiait mon renvoi. Ce fut intolérable. À chaque regard dehors, ce mur de tissu me ramenait à ma disgrâce. Il y eut pourtant des moments d'apaisement : il suffisait d'un voile aérien entre nous pour rompre. Une seule arabesque de la main accompagnant le tissu, et c'était fait. Il reprenait sa liberté, me renvoyant à la mienne. Envolées les scènes, les larmes, les explications. Je voyais là, croyez-moi, une ultime élégance, une sorte de beau geste, presque doux. Tout se déliait dans le mouvement du tissu. Mais très vite cette version aérienne, presque éthérée, de la rupture amoureuse ne me satisfaisait plus. Je voulais en découdre. Je voulais les cris, les coups, les portes qui claquent et non une fenêtre qui se voile pudiquement. Enfin, je n'avais pas rêvé ? Implicitement, par sa présence, par son regard, puis ses gestes d'amour, il avait dit oui. Il avait accepté cet échange qui nous liait, tous les deux, cet étrange face-à-face, devrais-je dire corps à corps ? Et voilà qu'il disparaissait.

Trois jours passèrent, qui me laissèrent dans cet état de prostration inquiète et de colère mêlées. Colère, oui, vous avez bien entendu. Je le haïssais de me laisser patauger dans mes contradictions, doutant de tout, et surtout malheureuse. Je décidai donc d'agir. À quoi servait cette tempête solitaire ? Et surtout à qui était-elle destinée ? Ce fut, je crois, la première fois que se posa la question de son identité. Je sus que j'avais épuisé les blandices de l'anonymat. Celui que j'appelais « celui d'en face » ne m'offrait qu'un corps, entrevu de loin, une silhouette qui se découpait dans le cadre d'une fenêtre ouverte. Jamais je n'eus besoin de lui donner un prénom, d'évaluer son âge, d'entendre ne serait-ce que le son de sa voix. Mon trouble venait d'ailleurs. Il se repaissait de ces incertitudes. Je crois même qu'il ne pouvait s'épanouir que dans cette imprécision. Celui d'en face n'existait pas et c'est pour cela que je le sentais si près de moi. Jamais dans mon lit un homme n'avait été plus près de moi que lui qui n'y était pas. Son absence permettait toutes les libertés. Elle était comme une respiration qui soufflait par ma bouche, rythmait mes mouvements, soumettait mon corps. Je l'aimais de ne pas être là.

Mais voilà que les choses avaient changé. Peu à peu la colère fit place à la curiosité. Qui était-il ? Je devais savoir. Ce fut insidieux. Je vécus encore quelque temps dans une sorte d'ignorance qui me devint vite insupportable. Il ne me suffisait plus de savoir qu'il existait, là-bas, de l'autre côté de la cour, il fallait maintenant qu'il eût un nom, un prénom, une profession, des préférences, des dégoûts, bref tout ce qui ferait de lui un homme comme les autres, cernable, et pourquoi pas accessible. J'eus l'impression que la distance qui nous séparait, l'exacte mesure de la cour entre les deux immeubles, était un espace qu'il me faudrait abolir, un empêchement à contourner. Il était logique que, de cette donnée nouvelle, naquît l'idée, bientôt irrépressible, d'aller y voir de plus près, de franchir, et plus seulement du regard, ces mètres qui nous séparaient.

Que pensez-vous de ça ? Vous voyez qu'il ne fallait pas désespérer de ma normalité. Cela dit, ne trouvez-vous pas miraculeux que l'envie de céder à la banalité ne m'ait pas prise plus tôt ? Quoi qu'il en soit, il ne me fallut pas plus d'une journée pour que je rende les armes en décidant d'aller rôder du côté de l'immeuble d'en face. Je dus sans doute pressentir mon erreur car je trouvai vite de mauvaises raisons pour me mettre à l'abri d'un quelconque dérapage. Fouiner pour en savoir plus sur lui était une chose, risquer de le rencontrer en était une autre. La fenêtre fermée était une garantie. Il n'était pas là. Aucun danger de me laisser prendre de vitesse, ni de transformer ma curiosité en emballement capable de briser je ne sais quel charme. C'était bien une curiosité, mais peu glorieuse, comme en-dessous. Une enquête peu reluisante : quelques indices collectés à la sauvette : un nom sur une boîte aux lettres, la topographie d'une cage d'escaliers, ces détails qu'il effleurait tous les jours et qui, par je ne sais quelle correspondance magique, devaient me faire partager le début de son intimité.

Un matin, c'était le matin, je m'en souviens, je décidai de prendre par hasard, et quel hasard, sa rue, pour me rendre à l'arrêt de l'autobus qui me conduisait au bureau. Une rue calme, comme oubliée, une rue que je ne connaissais pas. Un rapide calcul m'avait permis de déterminer le numéro de son immeuble. Je reconnus assez vite les détails architecturaux que j'avais observés côté cour. C'était un immeuble sans histoire, sans cachet, juste cette douce familiarité que l'on retrouve quelquefois et qui parle de voisinage tranquille. Je marchais sur le trottoir avec des précautions de détective privé. J'allais, je vous le jure, à la rencontre d'indices qui me permettraient de prendre la main. Il fallait, à ce moment-là, que quelque chose changeât. Que j'avance dans cette relation, c'est, je crois, le mot qui m'est venu alors. Je voulais savoir. Prendre l'ascendant sur lui et garder l'idée que je maîtrisais les choses.

La porte fut le premier problème. Je me heurtai très vite au fameux code, au sésame qui devait me permettre de me rapprocher de lui. Mais je savais qu'il me suffisait d'attendre. Ce que je fis, sans angoisse particulière, avec même une sorte d'excitation qui me saisit tout à coup et ne fit que s'accentuer au long de ces minutes humiliantes (mais je ne les trouvais pas humiliantes), où j'attendis que quelqu'un actionnât pour moi cette fichue porte. Ce fut assez bref, je crois. Une dizaine de minutes à peine, où j'expérimentai toutes les postures de l'attente naturelle. Je vous fais grâce de cette idée fugace qui me prit et qui parlait de ridicule. Attendre sur un trottoir, sans en avoir l'air, guetter le moindre mouvement salvateur mais de loin. J'eus l'impression d'avoir fait ça toute ma vie. Ce fut un enfant qui me délivra, un garçon d'une dizaine d'années, porteur d'une planche à roulettes, et qui, tout à coup, apparu sur le seuil. Il fut, sans le savoir, mon allié. Je l'aurais embrassé ! Je n'eus aucun mal à trouver une contenance pour retenir la porte d'un geste léger. Il fut mon intercesseur et nous échangâmes même un sourire.

C'était un hall d'entrée ordinaire. Peu de choses le différenciaient de celui de mon immeuble. Même odeur de propre, mélange de cire et d'eau de Javel, même mur de boîtes aux lettres faussement modernes, une dominante de gris et d'acier, d'où, quelquefois, surgissait une étiquette sauvage, écrite à la main, avec, souvent, deux noms qui disaient la fragilité, les choses qui commencent. J'écartais d'emblée ces cohabitations aléatoires et je me mis à déchiffrer celles qui semblaient révéler des occupations bourgeoises, (je sais que ce mot va vous faire sourire) ; bref, je cherchai tous les noms qui auraient pu correspondre à l'idée que je me faisais de celui d'en face. Il y en avait peu. Trois ou quatre noms me retinrent. Un Olivier Desprès. Un Jean M., et un F. Anglade, qui pouvait être François ou Fabrice, mais aussi Françoise ou Fleur. Jean M. fut finalement celui que je retins. Choisi serait peut-être un terme mieux approprié. Mais le volumineux courrier qui s'amoncelait dans la boîte aux lettres finit de me convaincre.

Il s'appelait Jean. Cette révélation me cloua sur place et j'eus, je vous l'avoue, beaucoup de mal à me détacher de cette boîte, somme toute anodine, mais qui, en un instant, me devint plus précieuse qu'un coffre à la banque. Je me surpris même à passer doucement mes doigts dans la fente convoitée. Jean M. Tout à coup, il prit corps. Je savais. C'était lui, j'en étais sûre. Le halo blanc, la silhouette que je voyais et qui me parlait par gestes avait un nom : Jean M. J'eus l'impression que quelque chose se déliait, qu'un point était atteint, et je me sentis, je vous le jure, forte comme jamais. Ce fut un bruit dans les étages qui me tira de ma contemplation. Je ressortis de l'immeuble avec l'impression étrange d'un apaisement fragile, mais qui, pour l'instant, me suffisait.

Il s'appelait Jean. Je le voulais, je le savais. Il rentrait tous les soirs dans un endroit que, maintenant, je connaissais et qui me donnait, enfin, je le croyais, des raisons d'être plus proche de lui. J'avais brûlé les étapes. Cette audace me remplissait d'aise. C'est, je crois, ce qui me permit de supporter les quatre autres jours d'absence qu'il m'infligea.

Nous sommes déjà à la moitié du mois d'août. Paris est plus vide que jamais et l'immeuble semble inhabité. Même le soir, à l'heure où l'on rentre, il reste étonnamment silencieux. La chaleur est montée d'un cran et je vis fenêtres ouvertes.

Il est rentré. Il y a une semaine environ, une surprise m'attendait. Il avait fait particulièrement chaud ce jour-là et mon premier geste, en arrivant chez moi, fut de me déshabiller. J'aime ces retours au bercail, quand la fraîcheur des murs préservés du soleil coule sur vous comme une eau bienfaisante. À peine la porte refermée, je commençai l'effeuillage ; les chaussures d'abord, puis la jupe et le chemisier. Ce délestage, auquel je pensais déjà dans l'autobus du retour, me redonna vie. Et c'est en culotte, pressée d'aller dans la cuisine me servir un verre d'eau et me laver les mains, que j'ai vu sa fenêtre ouverte.

Il était immobile, les mains dans les poches, et semblait sourire. Allez-vous me croire, cette information fut enregistrée par mon cerveau d'une façon si neutre que j'en fus étonnée. Comme si cette semaine d'absence m'avait durcie, et que j'avais, à mon insu, fourbi les armes de ma vengeance. Jean M. était rentré. Voilà, c'était ça et rien de plus. Mais c'était déjà beaucoup. Une sorte d'avance et, donc, de tranquillité que j'avais tout à coup sur lui. Ce qu'on peut être bête parfois ! Pensai-je vraiment, à ce moment précis, pouvoir renverser les choses ? Oui, je le crois, et ce que je décidai alors allait dans le sens d'une liberté recouvrée : un poing que l'on serre tout à coup, un non qui affleure et vous donne, un temps, mais un temps seulement, l'impression de reprendre les choses en main, et d'abord la vie qui depuis peu vous échappe. Je pris alors une décision, qui, même si elle m'apparaissait dans toute son inutilité (le courage n'empêche pas la lucidité !), me remplit de la certitude d'avoir raison cette fois-ci. J'oubliai le verre d'eau et, avec une application d'enfant obéissante, je baissai un à un les stores de l'appartement. Ne souriez pas : ce fut pour moi la preuve de mon existence, une liberté préservée du désordre qui, je le sentais, me guettait. Vous dire que je me sentis soulagée après ce geste de minuscule héroïsme serait mentir. Je trouvai même assez désolant de sentir s'évanouir cette détermination dont je m'étais sentie investie. Mais la soirée commença tant bien que mal, dans cette claustration volontaire, cette punition que j'avais voulu lui adresser, comme une lettre retournée sans explication à l'envoyeur. Je ne suis pas un chien que l'on siffle. Il doit savoir cela. C'est ça : l'image est bonne. Un chien qui détale à l'énoncé de son nom, une babine qui se retrousse, un grognement sourd.

Mais le chien se lassa vite de l'absence de son maître. À quoi pouvait bien servir cette solitude toute neuve ? Je passai la soirée à ressasser cette question, dépitée d'avoir agi ainsi mais assez courageuse tout de même pour ignorer les stores qui tremblaient légèrement, me ramenant sans cesse à mon incohérence. Je vous fais grâce de ces gestes inutiles dont je meublai les heures, les rangements commencés et aussitôt abandonnés, les longues séances devant la télé, les deux plats de pâtes mangés à même le saladier, debout, dans la cuisine. Je crois d'ailleurs que seule l'idée de me remplir de nourriture me calma un peu. Il est entendu que l'inconfort et la précipitation que je m'imposai alors participaient grandement à cette sensation de repos relatif que j'en retirais. Je vous vois lever un sourcil : désordres alimentaires ? Tendance à la boulimie de substitution ? Vous voyez, tout vient à qui sait attendre, et je crois, malheureusement pour moi, que ce n'est pas votre dernière victoire.

Je me suis endormie très tard, en prenant soin de laisser les lumières de l'appartement allumées, indiquant par là ma présence boudeuse. Il n'aurait pas fallu, en plus de ce fiasco, qu'il crût à mon absence. La notion de ridicule n'empêche pas un certain entêtement.

Les jours se suivent et ne se ressemblent pas. Le lendemain matin, la punition fut levée. Avant même d'avoir mis la cafetière en marche, geste qui ouvre en général mes journées, je relevai tous les stores, et la cour m'apparut, inchangée. La fenêtre de Jean M. était fermée, comme une réponse du berger à la bergère, mais, signe que j'interprétais de bon augure, les voilages n'étaient pas tirés. J'en éprouvai de la joie. Je m'offris même le culot de boire mon café debout à la fenêtre de la cuisine, surveillant du coin de l'œil tout mouvement du camp adverse avec, je l'avoue, la tranquillité des vainqueurs.

Vous ai-je dit que mon appartement compte quatre fenêtres ? Je ne m'en souviens pas. C'est vrai que notre conversation est si naturelle que j'oublie ces confidences qui me viennent. Depuis mon coup d'éclat, rien n'a changé. J'avais cru prendre l'avantage, je n'ai fait que m'enfoncer dans une voie sans issue. Ça fait maintenant trois jours que je lui ai claqué la fenêtre au nez. Et j'en suis au même point : pas un signe de l'autre côté de la cour. J'en suis pour mes frais. Je finis par me dire qu'il est vraiment parti, en voyage, ou quelque chose comme une obligation professionnelle. J'attends. J'imagine qu'il sera bientôt de retour. Que bientôt s'ouvrira la fenêtre. Que je renaîtrai à la vie.

Pour être honnête, je dois vous dire ce qui s'est passé hier soir et qui m'a déstabilisée. Pour tout vous raconter, j'ai eu l'impression qu'il était là. Oh, je ne pourrais pas l'affirmer mais, tout de même, une lueur discrète, un halo, peut-être, semblait sourdre des profondeurs de son appartement. Je ne suis pas folle. Je crois savoir distinguer le noir absolu d'une pénombre relative et j'ai eu vraiment l'impression que quelqu'un était là, qui évitait soigneusement de se montrer du côté de la cour. C'est peut-être, me direz-vous, le fantasme de celle qui attend et qui finit par voir ce qui n'est pas. Peut-être. Mais cette lumière tamisée n'était pas, je crois, le fait de mon imagination. Du coup, cette présence supposée m'a mise dans un état que je regrette. Moi qui d'ordinaire suis si raisonnable, je me suis retrouvée à gémir devant ma fenêtre en espérant qu'il apparaisse enfin.

J'en ai assez. Ces désordres m'inquiètent. Ils me mettent à nu. Ils me font découvrir une faiblesse en moi que je récuse de tout mon être. Imaginez la scène : moi, debout, le front contre la vitre, implorant pour de bon qu'il se montre. Non, vraiment ça devient insupportable. Dites-le, mais dites-le enfin ! Pensez-vous vraiment que ça va pouvoir durer longtemps ? Mais répondez ! On dirait que ça vous fait plaisir de me voir dans cet état !

Aujourd'hui, tout est oublié. Oubliées l'attente et l'humiliation, oubliées l'angoisse et l'inquiétude. Nous nous sommes retrouvés. Ah, je vois que ça vous fait quelque chose. Évidemment, vous vous étiez habitué à ces confidences pleines de vide, à ces petites musiques que je vous déroulais. Vous vous endormiez, bercé par ce flot de paroles soporifiques : il n'est pas là, je l'attends, la lumière est allumée, puis éteinte, un pas en avant, deux pas en arrière. Je finissais par me dire que cela vous plaisait, ce constat d'échec, cette impasse dans laquelle je semblais me fourvoyer.

Mais détrompez-vous, comme je viens de vous le dire, nous nous sommes retrouvés. Enfin presque, et celui d'en face est bien celui que je crois : un homme qui a besoin de moi et qui, qu'il le veuille ou non, fait partie de ma vie.

C'était samedi. La France entière se préparait au week-end du 15 août, ce pic de l'été où tout bascule, avec des soirées qui n'en finissent pas mais qui parlent déjà de déclin, de derniers dîners dehors, de bougies tremblantes, de fraîcheur qui tombe dès que le soleil se couche. Paris, bien sûr, s'était vidé pour la dernière fois ; cela faisait penser à une grande aspiration vers l'extérieur, trottoirs déserts, rideaux des magasins tirés. On aurait dit qu'un exode n'avait laissé que des rues vides, n'épargnant que quelques silhouettes qui s'excusaient presque d'être encore là. En réponse à tout ce désœuvrement, je m'étais levée tôt pour tenter de trouver dans ce désert un marché ouvert, quelques fruits, quelques légumes dont j'avais envie. C'est en rentrant de ce périple, qui me mena, de rue en rue, bien au-delà des limites de mon quartier, que je le vis qui m'attendait.

Il était là et il m'attendait. Oui, comme je vous le dis. Et le geste qu'il fit me cloua sur place ; ce ne fut qu'une main qui se leva légèrement et traça dans l'air un mouvement timide. Cinq doigts qui s'égayent en éventail, quelque chose de doux et de presque immobile mais qui m'était destiné. C'était la première fois qu'il me disait quelque chose ; la première fois que nous acceptions l'idée d'être ensemble. J'en fus saisie. Je restai là, les courses abandonnées à mes pieds, regardant cet homme, prêt à le toucher et, pourtant, loin, si loin, de l'autre côté de la cour, qui semblait tout à coup infranchissable. Ce geste anodin qu'il me destinait me bouleversait et me terrifiait en même temps. Fallait-il lui répondre, rendre les armes et accepter la main tendue ? Ou bien faire marche arrière, reculer, oublier cette invite à la simplicité ? Je n'ai pas pu. Ça ne vous étonne pas, n'est-ce pas ? Toujours ce fichu besoin de compliquer les choses. Je fus à la hauteur de mon incapacité. Le voir là, insolant dans sa tranquillité, me fut insupportable. Je ne mis pas longtemps à me reprendre, à rassembler mes paquets et à filer dans la cuisine, dont je baissai immédiatement les stores. Et là, à l'abri, je me repris doucement, calmant peu à peu cette envie irrépressible de me précipiter dehors, de tourner le coin de la rue et de monter sans réfléchir les quatre étages en courant jusqu'à sa porte. Une part de moi voulait cette porte ouverte, ce premier regard, ce sourire un peu gêné, alors c'est vous ? Oui c'est moi ! Enfin ensemble, l'un face à l'autre et si près qu'aucune dérobade ne serait possible. Mais une autre part refusait de toutes ses forces la fin du mystère : ne pas le voir, surtout ne pas lui parler. Rester dans ce manque, dans cet indicible qui permettait tout, sans rien savoir, jamais.

Le choix ne fut pas difficile finalement. Je restais là, debout devant l'évier, tournant le dos à la fenêtre, bien à l'abri de tout regard extérieur. J'aurais pu retourner dans le salon, aller jusqu'à la trouée claire, me planter en face de lui et sourire, ou même esquisser une parole. J'aurais pu. Je ne l'ai pas fait. Je suis restée droite et butée, comptant bêtement les carreaux de faïence qui luisaient dans la pénombre. Je suis restée assez longtemps pour qu'il perde patience, se lasse et disparaisse à son tour, repris par l'invisible de son appartement. Je ne sais combien de temps je suis restée là avant de me risquer hors de la cuisine. Cinq minutes, dix peut-être. J'eus le temps de ranger mes courses et de faire le peu de vaisselle qui attendait dans l'évier. Cet affairement domestique me calma tout à fait. Lorsque je revins dans le salon, un seul regard suffit à fixer ma déception.

Mais la journée n'était pas finie. Quelque chose me disait que rien n'était perdu, qu'il se passerait autre chose, que j'allais voir un signe, une nouvelle chance.

Ce fut assez tard dans l'après-midi. Les heures s'étaient évanouies dans un silence lourd et inviolé. Pas un coup de fil, pas un bruit sur le palier. Seulement le chant des oiseaux, si discret qu'on aurait dit qu'ils avaient, eux aussi, décidé de se reposer. Et par-dessus, dans le lointain, la rumeur ténue de la ville, qui, malgré tout, continuait. J'avais presque oublié ce guet obsédant qui me ramenait sans cesse à la fenêtre du salon que j'avais quand même, et pour me faire pardonner, laissée grande ouverte malgré le soleil inondant durement la pièce. Il faisait chaud, très chaud, de ces chaleurs qui font vibrer l'air.

Il était là à nouveau, pas rancunier pour deux sous. Et cette fois, j'arrêtai de minauder. Je répondis à son attente. Son regard me prit alors que j'étais dans le salon. Je restai un peu dans son champ de vision puis, comme si ce mouvement lui était destiné, je passai dans la chambre dont j'ouvris la fenêtre. Il comprit et m'encouragea d'un sourire que je distinguai nettement. Je souris à mon tour, trop contente d'effacer le début calamiteux de la journée. Je devais rattraper les choses, me montrer sous mon meilleur jour, prendre la situation en main et surtout, l'étonner, lui plaire, jouer pour lui tous les registres de la séduction.

Il ne bougeait pas, mais je n'attendais rien de lui. Je savais que, cette fois-ci, il ne m'aiderait pas. Et quelque chose en moi céda. Sans cesser de le regarder, je m'assis sur le lit, tout au bord, et mes vêtements atterrirent sans histoire à mes pieds. C'était comme si j'avais toujours fait ça. Ou plutôt comme s'il fallait que je le fasse. Oui, c'est ça. C'était tout à fait naturel : ma main sur mon sexe, les jambes bien écartées, les fesses tenues fermes par le bord du lit sur lequel je m'allongeai, pour mieux me trouver. J'étais étonnée de monter aussi vite, sans penser à rien, même pas à lui, qui regardait toujours, immobile, tellement immobile que cela ajoutait à mon désir d'en finir. J'ai joui si fort qu'il m'a entendu. Bizarre, ce cri que j'ai poussé, moi qui suis plutôt silencieuse d'ordinaire. De vous le raconter, j'en ai presque honte. C'était comme un long contentement, presque un soulagement. Et cette voix que je ne me connaissais pas était pour lui, je le sais. Puis le silence revint, avec les oiseaux, la paisible rumeur, et le chuchotement du réveil qui, tout à coup emplit la pièce. Je devais me relever. Il fallait que je me relève. Pourtant, je suis restée allongée sur mon lit, jambes tremblantes, attendant je ne sais quoi. Peut-être qu'il vienne enfin, qu'il frappe quelques coups discrets à la porte. Mais il avait disparu, il n'était plus là. J'ai prié pour qu'il marche vers moi, pour qu'il soit porté par la nécessité de me toucher enfin, de me couvrir de son corps, mon ventre contre son ventre, sa bouche sur ma bouche. J'attendais ça, voyez-vous. Qu'il décide enfin pour nous deux. Mais il n'est pas venu et c'est l'envie de faire pipi qui me fit me relever.

C'est vrai, j'ai de plus en plus envie qu'il me touche. L'extase vide du début ne me suffit plus. Vous voyez où j'en suis. Il n'y a pas si longtemps, je vous parlais de l'apaisement que m'apportait l'idée de la solitude. Et j'y croyais ! Mais je sens maintenant que je m'aventure doucement dans une zone dangereuse où tous mes pas me ramènent vers lui. Déjà, depuis quelque temps, j'ai changé d'itinéraire pour rejoindre l'arrêt de l'autobus. Ça m'oblige à un détour mais sa rue fait désormais partie du parcours matinal. Je ne sais pas au juste ce que j'y vais chercher, mais l'emballement de mon cœur, lorsque je parviens à la hauteur de son immeuble, me suffit. J'ai l'impression de retrouver des émois d'adolescente amoureuse. Non, ne souriez pas ! Vous voyez quand je vous parlais d'un cœur de midinette ! Je donnerais beaucoup pour l'apercevoir. Même de loin. Même de dos. Surtout de dos, devrais-je dire. Car je n'imagine pas ce qui pourrait se passer si, tout à coup, je me retrouvais nez à nez avec lui. J'aurais l'air fin ! Non, il ne faut surtout pas qu'on se rencontre de cette façon. Je le sais, mais l'idée de courir ce risque me donne un délicieux vertige. Et puis, qui dit qu'il me reconnaîtrait ? Moi-même je ne sais si je pourrais en être sûre. Nos fenêtres sont assez éloignées et que reste-t-il de l'imprécision de nos silhouettes ? Comment sont ses cheveux ? Est-il aussi grand que je l'imagine ? Toutes ces questions tournent autour de moi et j'ai peur de ne pouvoir vivre sans y répondre.

Hier, j'ai eu un choc. Un homme est sorti de l'immeuble alors que je passais. Heureusement, je ne sais pourquoi, j'avais choisi le trottoir d'en face. Bien m'en a pris. La distance m'aura protégée. Je n'ai pu voir son visage avec précision. Mais j'avoue que j'ai dû faire un effort pour ne pas m'arrêter net et le dévisager. J'ai bien essayé d'ajuster la silhouette de la fenêtre sur celle du trottoir, mais ça ne collait pas vraiment. Et puis tout est allé trop vite. La seule chose qui me reste de ce moment fugitif, c'est un détail qui m'a fortement émue. Tandis qu'il s'éloignait, j'ai vu qu'il boitait, une légère claudication, suffisante pour que la démarche se fasse imprécise, presque touchante. C'est ce détail qui m'a poussée à le suivre. Heureusement, il allait dans la même direction que moi. Je n'ai pas eu à contrarier mon mouvement, et tout sembla naturel. Nous étions si près ! Une rue entre nous, et rien n'avait changé vraiment. J'ai dû ralentir le pas pour lui laisser l'avantage. Il marchait lentement. Peut-être à cause de sa boiterie. La rue était calme et j'entendais distinctement le bruit de ses talons sur le bitume : deux temps qui se répondaient, un bref, et un plus long. C'est presque sans y penser que j'accordai mon pas au sien.

Il était vêtu de clair, un pantalon dans les gris, je crois, et une chemise blanche, dont il avait remonté les manches à mi-bras. Sa main droite balançait une serviette en cuir noir. Plus nous avançions, plus l'idée que c'était lui se précisait. Il me semblait reconnaître cette façon qu'il a de se tenir un peu penché en avant lorsqu'il se découpe dans l'ombre de la fenêtre. Ses cheveux aussi me rappelaient quelque chose. Coupés assez courts, avec quelques fils d'argent qui éclairent le tout. Et tout à coup une évidence s'imposa à moi : il était beau.

Je le perdis sur le boulevard, qu'il traversa en se hâtant, alors que le feu passait au vert, avant de s'engouffrer dans la bouche de métro. J'ai mis quelques minutes à sortir de ma stupeur. C'est le flot de la circulation qui me tira de mon hébétude.

Hier fut donc un jour faste. J'ai gardé en moi pendant toutes ces heures l'image de ce corps que je découvrais enfin, dont j'avais presque senti l'odeur, effleuré le grain de la peau. Marchant derrière lui, à quelques mètres seulement, il aurait suffi de peu que je le rattrape. Nous aurions alors marché ensemble, en nous gardant bien de nous frôler, réservant pour plus tard l'ivresse du début. Plus de cent fois, je me suis repassé le film du matin : la rue, d'abord, puis la porte qui s'ouvre, laissant passer celui que j'attendais. Car c'était lui, bien sûr. Croyez-moi, rien ne peut tromper une femme amoureuse. Je l'ai su à la seconde où je l'ai vu. L'homme qui marchait inconscient de ma présence était bien celui qui, depuis deux mois, me donnait rendez-vous à toute heure du jour et de la nuit, celui dont la silencieuse présence ordonnait, exigeait de moi une reddition sans limites. Il était là, à portée de main, à portée de regard, et il ne le savait pas. Cette idée me tint et j'eus l'impression qu'un seuil était franchi. Comme un rivage que l'on touche enfin tandis que s'éloigne derrière soi l'incertitude mouvante des flots. Nous « prenions corps », voilà ce que j'essaie de vous dire. Ces quelques mètres de trottoir avaient effacé d'un coup le cadre de la fenêtre. Nous sortions du cadre. La vie nous prenait. Nous existions dans la lumière de ce matin-là, dans le bruit de la rue, parmi la foule qui nous entourait. Je mettais mes pas dans les siens, même de loin, et c'était bien !

Pourquoi faut-il toujours que la nuit succède au jour ? Pourquoi le bonheur est-il aussi fragile qu'un mirage ? À peine entrevu, il est déjà passé. Il m'avait semblé pourtant le tenir enfin, bien au creux de ma paume. S'arrêter enfin, enfin respirer. Pour de bon, d'un souffle régulier et tranquille, à l'opposé de ces inspirations saccadées qui nous laissent au bord de la chute, et qui, finalement, nous amènent toujours plus loin, toujours aussi mal, toujours aussi insatisfaits.

C'est presque en chantonnant que j'étais rentrée chez moi. Vous savez, ces ritournelles qui vous trottent dans la tête quand on est amoureux, quand un rien vous fait sourire, tout vous émeut, vous contente. C'est dans cet état que j'ai poussé la porte de mon appartement. Je rentrais un peu plus tard que d'habitude – un dossier épineux m'avait retenue au bureau. J'avais l'intention de prendre mon temps, de ne pas me précipiter à la fenêtre. J'étais sûre de moi. Nous avions le temps. Il serait là, je le savais. Tout se passerait comme d'habitude, avec en plus cette petite avance, ce supplément d'émotion qu'avait provoqué notre rencontre fortuite, et dont j'étais seule à détenir le vibrant secret.

La soirée s'avançait lentement. La fenêtre était fermée, mais je savais que bientôt il l'ouvrirait. Je n'avais pas peur. J'étais calme, étrangement calme. Pourquoi aurais-je pensé à ces bonaces d'avant les tempêtes, ces moments d'immobilité absolue où tout semble en attente du désastre. Non, rien ne m'alerta. Pas une seconde je ne descendis de mon nuage de bonheur. Au contraire, je m'y vautrai avec la sensation d'avoir gagné mon billet pour Cythère. Vous m'écoutez ? Je vous sens ailleurs. Votre esprit vagabonde, vous n'êtes pas avec moi. Croyez-vous que ça soit facile de parler dans ces conditions ? Non, je ne vous en veux pas, mais vous pourriez faire un effort. C'est maintenant que j'ai besoin de vous. Maintenant, vous entendez ? J'ai besoin de vous pour raconter ce que j'ai à dire.

Car la fenêtre s'ouvrit. Occupée à ranger les tiroirs de ma commode, je ne m'en rendis pas compte tout de suite. Rangements compulsifs, troubles obsessionnels du comportement, toute cette panoplie de garde-fous que l'on déploie pour tuer l'attente. J'étais devant les tiroirs renversés sur le tapis du salon, essayant de trouver une sorte de logique dans cet amoncellement de sous-vêtements, de paires de bas, de foulards enfouis ici depuis la nuit des temps. Comme toute coquette qui se respecte, j'ai eu mon époque foulards, mousselines et châles divers, et même si j'ai peu à peu éliminé tous ces colifichets, je répugne à m'en séparer. Il n'est rien de plus réconfortant que d'y plonger les doigts, d'y retrouver instantanément ces moments que l'on croyait perdus à jamais, ces époques révolues mais qui, dans les relents de soie parfumée, se rappellent à vous avec une pointe de nostalgie. Je m'adonnai donc à un pliage en règle lorsque j'eus envie de boire et c'est en pénétrant dans la cuisine que je découvris ce qui me brisa. La fenêtre était ouverte et, chose inhabituelle, la pièce anormalement éclairée. Je voyais nettement la lampe d'où venait ce flot de lumière. Elle semblait posée sur une cheminée, que je n'avais jamais remarquée auparavant. Mais rien encore ne m'alerta. Après tout, qu'y avait-il de bizarre à ce que la pièce fût éclairée. Cela me permettait de détailler à loisir l'endroit que je voyais distinctement pour la première fois. Mais mon inventaire fut stoppé net par une découverte qui me glaça. Refusant d'admettre ce que je voyais, je fus bien obligée de me rendre à l'évidence. Une femme se trouvait dans l'appartement. Debout à peu près au milieu de la pièce, elle semblait tenir un verre à la main. Une femme, un verre, deux constatations qui entrèrent en moi comme deux lames de couteau. Oubliée la soif, oubliée la joie qui m'avait portée jusque-là. Mais le coup de grâce, c'est une autre silhouette qui me l'asséna. Elle s'avançait d'un mouvement doux et enveloppant, se rapprochant de l'intruse et lui murmura quelque chose à l'oreille. Comment vous dire ce qui se passa alors en moi. L'idée d'une pierre qui tombe au fond d'un puits devrait suffire. J'étais la pierre, j'étais le puits. J'étais toutes sortes de choses dures et coupantes. J'étais tout sauf moi, et ce fut terrible. Une douleur à couper le souffle. Je n'eus même pas la force de m'écarter de la fenêtre maudite. Je ne sais combien de temps je suis restée là, à regarder cette scène proprement inimaginable, mais qui, pourtant, était bien réelle, qui se passait sous mes yeux, sans que rien dans la cour ni ailleurs ne fût changé. Car tout resta comme avant. Aucun cataclysme ne vint à mon secours, et l'immeuble d'en face ne s'effondra pas. On comptait simplement un personnage de plus dans la pièce, une invitée de dernière minute. Avant-dernière minute. Car reprenant mes esprits, je retrouvai simultanément l'orgueil, la colère, la douleur, bref tout ce qui me permettrait de m'arracher à ce moment absurde où celui d'en face réussissait à avoir le dernier mot.

Car, est-il nécessaire de le préciser, il regarda dans ma direction. Ce fut bref, rapide, et seule l'idée de son regard parvint jusqu'à moi. Je vous jure que c'est vrai. Je ne sais comment je me retrouvai soudain sur mon lit, tremblante mais vivante, non sans avoir d'abord baissé les stores des quatre fenêtres qui donnaient sur la cour.

Et, là, je pleurai.

J'ai en moi depuis longtemps un principe qui me sauve : si une situation me gêne, si elle devient intolérable, je fais en sorte de l'accommoder. C'est infime. Un détail que l'on omet, une voix qu'on fait mine d'ignorer et qui parle d'entêtement, d'abandon : je suis devenue une professionnelle du travestissement de la réalité. J'ai appris qu'il faut trouver des arrangements avec la vérité, surtout si elle n'est pas conforme à ce que vous espériez.

C'est pourquoi je préfère oublier ce qui s'est passé l'autre soir, me fermer à toute conjecture. Ne pas chercher à savoir, et encore moins à comprendre. Cette présence féminine ne parviendra pas à me déstabiliser, ni à ébranler mes certitudes. J'en ai décidé ainsi, et je vous passerai les efforts que cela me coûte. Je me déteste quand je suis comme ça. Je me connais trop bien pour espérer le moindre renoncement à l'aveuglement que je m'impose.

Cette femme n'existe plus. C'est tout. Elle n'a jamais existé, et je continue de penser que rien ne réussira à me séparer de celui d'en face. Je vis donc comme anesthésiée, refusant de réfléchir, mais surveillant tout de même le moindre signe de vie de l'autre côté de la cour, quelque chose qui me donnerait raison d'avoir « pardonné ». Oui, c'est bien de ça qu'il s'agit. Pardonner. Pour être tout à fait honnête, je n'ai pas décidé tout de suite de me résoudre à cette solution. J'ai pleuré, c'est vrai, mais j'ai réfléchi aussi. Seule, dans la pénombre de ma chambre, j'ai même envisagé tous les cas de figures pour expliquer cette présence qui, d'un coup, piétinait mon histoire. Et là, j'ai été à la hauteur de tout ce que je vous ai dit de moi, et qui parle de rouerie et de fuite. Après tout, celui d'en face a bien le droit de recevoir qui il veut ! Ces gestes silencieux, patiemment déposés entre nous jusqu'à nous lier, n'excluent pas la vie. Au contraire. Ils existent parce qu'ils sont en dehors de nos vies. Fallait-il alors que je m'émeuve d'une visite qui, somme toute, ne nous concernait pas. J'avais accepté dès le début cette façon que nous avions trouvé d'être ensemble. Se retrouver en dehors de tout, sans nom, sans prénom, sans histoire amenée avec soi, dans un lieu vierge et qui s'inscrivait parfaitement dans le quadrilatère de la cour, dans le vide séparant sa fenêtre de la mienne. Bien sûr j'avais rompu le pacte de légèreté qui était devenu le nôtre. C'est moi qui étais allée rôder de l'autre côté du miroir, qui avais fureté devant son immeuble, au seuil de sa vie, comme une curieuse que j'étais. J'avais tort, n'est-ce pas ?

La découverte de l'autre soir m'a brusquement remise à ma place. Une place virtuelle, où l'on ne prend pas de verre ensemble, où l'on ne décide pas de terminer la soirée en ouvrant sa porte. Nous n'avons pas, nous n'aurons jamais de ces montées d'escaliers fébriles, Mon Dieu je dois être affreuse, de ces conversations alourdies par un désir qui exige tout à coup plus que les civilités auxquelles on s'est appliqué toute la soirée, assis face à face pour la première fois dans un restaurant chinois ou japonais. Non, nous avions un accord : passer l'étape des préliminaires. Ce que j'ai vu ce soir-là n'a aucune valeur. Vous m'entendez, aucune ! et si tant est qu'il faille en trouver une, je ne vois que celle du test qu'il m'aura fait passer, une sorte d'épreuve : sera-t-elle à la hauteur ? Est-elle si différente des autres ? Vous opinez ? Cette version vous convient ? Mais comment pouvez-vous être si sûr de ses intentions ? Oui, bien sûr, il y a son regard ! Après l'avoir refusé de toutes mes forces, non, j'ai rêvé, il ne m'a pas regardée, j'ai bien été obligée d'accepter ce qu'il avait fait. Il l'a tenue dans ses bras et m'a regardée, comme pour s'assurer que j'étais bien là, et mesurer de loin, mais avec précision, l'effet produit. Vous ne dites plus rien ? Vous attendez que je démêle seule ces contradictions et ces faux-semblants ! Mais, au risque de vous décevoir à nouveau, je ne pense pas à la perversité d'un tel geste.

Nous n'avons pas encore parlé de la perversité. Il fut un temps, pourtant, où elle m'était nécessaire, où les relations trop simples me lassaient vite. J'ai été de celles qui partagent, qui acceptent, et qui font souffrir. Mais je n'ai jamais considéré cela à sens unique. J'ai eu besoin de ces vertiges où plus rien n'est sûr et où le jeu amoureux semble nous échapper. J'ai aimé par-dessus tout ces enchères de plus en plus hautes, jusqu'où ira-t-il ? Tiendrai-je encore longtemps ? Il me fallait cette minute, terrible minute où les choses menacent de vous dépasser, où la souffrance n'est jamais loin, tout ça comme un aiguillon, une montée d'adrénaline nécessaire à la jouissance. Mais j'ai changé, et toutes ces complications m'ennuient.

Je n'ai pas cherché à les imaginer ensemble. Pas une seconde je n'ai eu la tentation de remonter le store de ma chambre. Je les savais là, pourtant, à portée de regard, mais j'avais la faiblesse de croire qu'il n'avait pas besoin de me voir. Que ma silhouette voyeuse n'ajouterait rien à son plaisir et que lui pensait à moi. Il pensait à moi. Ses mains sur elle, il pensait à moi. Dans la soie d'une robe qui cède enfin, il pensait à moi. Dans cet oubli de tout, lorsque la chair se tend et qu'elle trouve son rythme, il pensait à moi. Et peu à peu, comme une machine se remet en marche, mon corps s'est réveillé. Ce n'était pas elle qu'il pénétrait doucement, mais moi, allongée sur mon lit, mouillée de toutes ces visions qui m'envahissaient et m'apaisaient. Il la prenait sûrement debout, les mains bien calées sous ses fesses, dans un désordre de linge et de souffles mal accordés. Peut-être était-elle adossée à la cheminée dont le marbre marquait son dos ? C'est difficile, peu confortable, mais tout d'un coup, il la sent, au bout de lui, si fortement tenue que tout va très vite. Il décide de ne plus compter, encore un peu et l'on arrête, non, il lâche tout, car il a besoin de cette chair vivante, il a besoin de cette peau contre la sienne et de cette certitude qu'il lui prend quelque chose. Il a besoin de tout ce que je ne lui donne pas, et c'est en fermant les yeux et les poings serrés que je jouis aussi, longuement, sans rien ressentir.

Alors, j'ai pardonné.

Vous voyez comme les choses sont mal faites. Je suis avec vous naturelle comme je ne l'ai jamais été. Je ne vous cache rien, parlant si facilement de moi que je m'étonne moi-même. Vous savez presque tout de ma vie et pourtant une timidité me retient encore. J'aimerais que vous veniez chez moi. Qu'un soir vous sonniez à la porte et que je vous ouvre, naturellement, comme je pourrais le faire avec un ami que l'on attend et avec lequel on va passer la soirée. Vous imaginez ça, une soirée rien que pour nous ! Vous assis, un peu raide, sur le canapé du salon, buvant sans soif le verre que je vous aurais servi pour satisfaire aux règles de l'hospitalité, et moi, légèrement ivre, pas d'alcool mais de mots, ceux qui comblent le silence, estompent la gêne. Vous chez moi ! Quelle idée folle n'est-ce pas ? Oui, je sais, s'écarter de notre règle, celle qui nous tient à distance et qui permet la confidence, brute, sans émotion, ce flot de paroles qui doit me sauver, serait une erreur. Je finis par croire que rien ne serait possible entre nous en dehors de ce monologue nous liant mais qui, je vous l'avoue, me pèse quelquefois. J'oscille de plus en plus souvent entre ces deux possibilités : continuer ainsi, me contentant de votre présence presque silencieuse, ou décider de franchir le pas en exigeant de vous un engagement plus marqué, un acte de rapprochement qui signifierait pour moi la fin de ma solitude. Ne m'en voulez pas. Il y a des jours où je me déteste d'être ce que je suis : toujours insatisfaite, ne sachant pas me tenir à une décision, remettant inlassablement en question mes certitudes. Je vous vois d'ici ! Elle tombe amoureuse ! Classique phénomène de transfert. Elle me parle donc elle m'aime. Soyez rassuré : je ne vous aime pas. Vous m'êtes nécessaire, j'ai du mal à imaginer ma vie sans vous, cela s'arrête là. Mais tout de même, je brûle de vous voir mieux, sans cette distance entre nous, ce filtre qui me laisse libre et seule à la fois. Je dois choisir : accepter que les choses changent entre nous ou continuer d'explorer, pour vous, ce qui m'arrive. Je vous avoue qu'un signe de vous serait le bienvenu. Quelque chose qui me mettrait sur la voie. Car je suis perdue. J'ai l'impression que ma vie se fige et même la fenêtre d'en face ne me suffit plus.

Ce matin, je l'ai revu. Il était seul et ce fut un soulagement. Il semblait occupé, passant sans cesse d'une pièce à l'autre, ne se cachant pas mais ne faisant rien pour me signaler particulièrement sa présence. Pas une fois il ne vint s'accouder à la fenêtre, pas une fois il ne tourna la tête vers moi. Je suis sûre pourtant qu'il savait que je le regardais. Son application à éviter mon regard en disait long sur ce point. J'étais là, comme une mendiante attendant son obole. Mais je compris que rien ne le ramènerait vers moi. Alors, telle une enfant docile, je me suis effacée, et j'ai quitté l'appartement.

J'ai marché longtemps, un peu au hasard et cette déambulation m'a fait du bien. Une façon de me vider la tête de toutes ces questions sans réponses. Après deux heures de ce régime, j'allais mieux. C'est presque sans y penser que j'ai emprunté sa rue pour rentrer chez moi. Ce fut un mouvement naturel, comme si mes pas décidaient pour moi. Je me suis retrouvée devant son immeuble avant que j'aie eu le temps de savoir si c'était une bonne chose ou non.

La porte cochère était ouverte, sûrement bloquée volontairement par la gardienne qui avait, on le voyait, lavé le carrelage du hall à grande eau. Et je suis entré, oubliant tout, laissant mon corps décider à la place de ma tête. Il était là, à quelques mètres. Ce n'était pas difficile finalement. Il suffisait de se laisser porter par cet élan qui s'imposait à moi. Il n'y avait aucun bruit. Pas la moindre présence humaine pour rompre le charme qui m'avait prise. Je devais monter, il le fallait, et ma main se posa délicatement sur la rampe d'escalier. Le bois était lisse, extrêmement doux et là encore, rien ne vint contrarier le mouvement qui me poussait en avant. Le silence continuait. Seuls les battements de mon cœur résonnaient dans mes oreilles. Mes pieds touchaient à peine le sol. Je montais, légère, débarrassée de tout, j'allais vers lui, enfin.

Arrivée sur le quatrième palier, je me suis arrêtée, priant pour que rien ne se produise. Il y avait deux portes, peintes en rouge. Un rouge profond et chaud, attirant le regard, appelant la caresse. Je vis tout de suite les lettres de son nom sur la sonnette. C'était la porte de gauche. Par un rapide calcul mental, j'eus la certitude que c'était la bonne. L'emplacement des fenêtres correspondait à la disposition des lieux. Il était donc là, derrière ce panneau de bois rutilant. Je n'avais plus qu'à avancer la main et frapper doucement. Un seul mouvement de mes doigts et nous serions réunis ! Je crois me souvenir que ma main a frôlé la porte. J'allais frapper, j'allais le faire.

Instinctivement je m'arrêtai de respirer. Je tins de longues secondes, ne pensant qu'à une chose : lorsque je reprendrai mon souffle, je frapperai. Le souffle et le geste ensemble, dans le même mouvement.

À quoi tient le salut ?

Je n'ai pas pu. L'air qui, tout à coup, violenta mes poumons ramena avec lui cette lucidité qui me sauva. Je fis marche arrière et dévalai les escaliers sans demander mon reste, avec, déjà, le sentiment d'avoir échappé au désastre et, pour tout dire, celui de la honte qui, tout à coup, me submergea. Ce fut dans la rue, à une distance raisonnable de son immeuble, que je me calmai enfin. Lorsque je suis remontée chez moi, j'ai vu qu'il n'y avait plus personne dans l'appartement.

Je viens de décliner une invitation pour le week-end. J'ai peut-être eu tort. La perspective de trois jours au soleil au milieu des lavandes et des oliviers m'a fait hésiter un moment. Mais l'idée de laisser celui d'en face m'est insupportable. Claire, mon amie, s'est presque vexée que je refuse. Je connais Claire depuis le lycée. C'est ce qu'on peut appeler ma meilleure amie. Bien qu'ayant pris des chemins différents, nous sommes toujours restées très proches. Nous avons plusieurs années de suite passé nos vacances ensemble, j'ai été témoin à son mariage et je suis la marraine de son premier enfant. Une marraine assez atypique, je l'avoue, oubliant quelquefois les anniversaires. Mais Claire ne m'en tient pas rigueur. Elle a une théorie sur moi qui m'arrange bien : je suis une célibataire fantasque, je sais qu'elle emploie cet adjectif pour ne pas dire endurcie, donc irrécupérable, et je n'ai aucune notion de ce que représente une vie de famille. Elle a pourtant donné d'elle-même pour m'arracher à cette condition. Il fut une époque où elle organisait avec son mari des dîners à répétition, où je tenais le rôle de la célibataire qu'il faut caser. Je me souviens de ces soirées, assez sympathiques je dois dire, Claire est une maîtresse de maison hors pair, sachant d'instinct composer le plan de table adéquat, où j'avais en face de moi un homme venu seul, célibataire ou divorcé. Le déroulement en était toujours le même : les deux esseulés font connaissance autour d'un osso-buco ou d'un poulet à la citronnelle (Claire cuisine très bien), puis, après le café et les tisanes, l'invariable suggestion des hôtes attentifs, mais Gabrielle, Pierre va te raccompagner, il est en voiture ! La possession d'une voiture était un élément essentiel dans le choix du partenaire idéal. Et si d'aventure le candidat était venu, comme tout le monde, en métro ou en autobus, la solution du taxi partagé à deux contournait le problème.

Combien de retours ai-je fait dans des voitures inconnues, où, tout à coup, la conversation enlevée de la soirée faisait place à un silence un peu gêné des deux parties. J'ai néanmoins des souvenirs de rencontres, des aventures, sans lendemain pour la plupart, mais qui, finalement, donnaient raison à Claire et récompensaient ses efforts. Il s'agissait le plus souvent de deux solitudes qu'on unit le temps d'un soir, sachant avec précision où se trouvait la limite de ce rapprochement illusoire. À chaque fois, mes partenaires étaient plus bavards que moi, si j'en crois la même phrase lâchée presque par inadvertance par Claire quelques jours plus tard, mais lourde de sous-entendus, alors Gabrielle, la soirée s'est bien terminée, à ce qu'il paraît ! J'aime vraiment beaucoup Claire, mais je sais aussi qu'elle est capable de ces petites vulgarités.

Elle n'a donc pas compris que je préfère rester enfermée dans mon appartement alors que j'aurai pu profiter d'un des derniers week-ends de l'été. J'ai été évasive, prétextant une paresse due à la fatigue, une envie de ne pas bouger et de rester au lit pendant deux jours. Je ne lui ai rien dit de celui d'en face. Elle ne sait rien de ce qui m'arrive. C'est mieux comme ça. Je pense qu'elle n'aurait pas compris la situation ou qu'elle l'aurait jugée scabreuse.

J'ai bien fait de rester. Il était là. Nous avons fait comme si de rien n'était pendant toute la journée du samedi mais cette indifférence jouée ne m'a pas déplu. Au contraire, j'y ai vu une façon de préparer les choses. L'attente aiguise le désir n'est-ce pas ? C'était ça. On ne peut parler de préliminaires, mais on est loin de la violente soudaineté des débuts. Nous avons en quelque sorte joué au chat et à la souris, ébauchant des gestes inachevés, ou se montrant à la fenêtre sans raison puis disparaissant, occupés ailleurs. Ce pas de deux nous a menés jusqu'au soir. C'est fou ce que la lumière baisse plus vite maintenant. Il était à peine dix heures que l'ombre envahissait déjà la cour, ramenant l'imprécision et avec elle le sentiment d'être protégé. Pouvoir enfin observer sans être vu, jouer de la pénombre pour se dévoiler, toutes ces modulations qui faisaient partie de notre jeu.

C'est lui qui a commencé. Il a ostensiblement allumé la lampe du salon et s'est installé dans un fauteuil placé pour l'occasion devant la fenêtre. Assez éloigné de la rambarde mais assez proche quand même pour que je puisse le voir. Il était vêtu d'un peignoir en éponge dans les bordeaux et, je ne sais pourquoi, ce détail m'a déplu. L'idée qu'il se soit déshabillé et qu'il se montre en peignoir m'a dérangée. J'ai pensé à ces hommes qui mettent des robes de chambre, qui sont pour moi le comble du mauvais goût. Mon père en avait une, en soie rayée, qu'il portait souvent le soir, sur ses vêtements de ville et qu'il appelait sa tenue d'intérieur. J'avais l'impression qu'il se déguisait, au mieux en vieux monsieur, au pire en mafioso au repos. Mais là, le tissu-éponge parlait de douche prise, de peau encore fraîche et de mains qui pouvaient, sans effort, se glisser entre les pans lourds mais vite soulevés. Quelle pouvait être l'odeur de sa peau mouillée ? Cette question me fit frissonner. J'avais envie de la respirer, de coller mes lèvres sur tout cet humide, d'enfouir mon nez sous ses aisselles. Il fumait, confortablement installé, attendant que je fasse quelque chose.

J'ai pris mon temps.

J'ai déserté le salon en prenant bien soin d'éteindre toutes les lumières et je suis passée dans la chambre où je n'ai pas allumé. Seul le néon de la salle de bains, dont la porte était restée ouverte, dispensait un peu de clarté qui venait mourir sur le lit. J'ai ouvert la fenêtre, un geste naturel et peu appuyé, juste un bruit sourd qu'il a pris pour une invite. Tout était en place, tout pouvait commencer. Mais j'ai délaissé le bord du lit, me réfugiant à l'autre extrémité, et je me suis assise le dos au mur, sur les oreillers qui rehaussaient mon corps de sorte qu'il pouvait tout avoir de moi. Je savais que ce retranchement au fond de la chambre ne donnerait à voir de moi qu'une image imprécise. Mais c'est ce que je voulais. Qu'il imagine plus qu'il ne voie, qu'il ait l'impression de m'avoir sans me voir. Je suis restée longtemps ainsi, hésitant encore à lui donner ce qu'il voulait, mais je vis bientôt sa main disparaître sous l'éponge comme s'il m'obéissait, ayant compris ce qu'il fallait faire pour triompher de moi. Vous dire qu'il m'a eue tout entière est faible. Mes jambes repliées s'écartèrent avec soulagement et ce fut long et doux, si facile, si fort que je ne pus me retenir de crier, encore et encore, ma tête heurtant plusieurs fois le mur de ma chambre. Il avait défait la ceinture de son peignoir et sa main accompagna la mienne, avec lenteur au début puis secouant sa queue avec violence pour s'arrêter net, et finir par trois mouvements retenus, où l'on sentait une souffrance et un soulagement mêlés.

J'étais bien, pleine de reconnaissance, sûre de moi. Amoureuse. Je ne sais si j'ai rêvé, mais j'eus l'impression d'apercevoir une ombre s'éloigner rapidement de la fenêtre du cinquième étage. Cela ne me fit ni chaud ni froid.

Depuis quelques jours, l'été se décide à céder. Le matin, une fraîcheur nouvelle envahit les rues. Je serai bientôt en vacances. Je ne sais pas encore ce que je ferai de tout ce temps. Pour tout vous dire, je répugne à quitter mon appartement. Rester là, être disponible, répondre à chaque signe que celui d'en face m'adresse, d'une façon ou d'une autre. Je n'ai envie que de ça.

Les choses entre nous se sont apaisées. Nous nous surveillons mutuellement. L'autre soir, nous sommes restés longuement immobiles, nous regardant avec douceur, sans gestes, sans excès, simplement dans une joie d'être ensemble pour de bon. J'étais dans ma chambre, assise sur le lit, et j'eus tout à coup l'impression que nous étions dans la même pièce. Comme deux amants ordinaires qui passent une soirée tranquille. J'ai beau chercher, je ne retrouve plus cet affolement du début, cet emballement du corps qui nous menait si loin. Nous sommes arrivés au bout de quelque chose. C'est pourquoi je crois que c'est la dernière fois que je vous parle. Il y a un moment où l'on doit s'arrêter. Ce moment est venu pour moi. Pour nous, devrais-je dire !

Je suis à ma table, installée comme d'habitude, avec, devant moi, ce cahier amoureusement choisi, il y a deux mois maintenant, dans une papeterie de la rue Vavin. Je me souviens du soin que j'avais pris alors à trouver quelque chose qui vous ressemblerait. Je voulais qu'il vous plaise et qu'au premier coup d'œil, vous le fassiez vôtre. Assez vite celui-là me retint. Ni trop grand, ni trop petit, avec une couverture en cuir vert qui fait penser aux bleus des blés. Une idée de fermeté et de chaleur mêlées. Un peu de masculin aussi. C'était un bon choix. La douceur du papier encourageait ma plume. Chaque page remplie me rapprochait de vous. Lorsque je pense à toutes ces heures passées à fixer ce qui nous arrivait, je ne peux m'empêcher d'avoir les larmes aux yeux. Nous mettre en mots va me manquer. Comme va me manquer aussi l'idée de prolonger ces moments entre nous en les consignant pour vous. Pourtant, ma main trace sans trembler ces derniers mots. Et c'est sans trembler, je le sais, qu'elle glissera l'enveloppe que j'ai préparée, dans votre boîte aux lettres. Jean M. Votre nom est écrit sur l'enveloppe. Pas de doute possible. J'y ai rajouté les deux lettres « e v », dans le coin inférieur droit. J'ai tout de suite regretté cet excès de préciosité. Mais tant pis.

Vous savez tout. Je pensais écrire : vous savez tout de moi, mais je me suis ravisée. Comment être sûr que l'on a tout dit. C'est cette incertitude qui me permet d'espérer.

Je vous attends.

T R A N S C O D É
ET ACHEVÉ D'IMPRIMER
EN JUILLET 2006
SUR LES PRESSES DE
CORLET IMPRIMEUR
À CONDÉ-SUR-NOIREAU
C A L V A D O S

Numéro d'édition : 0749
Numéro d'impression : 93710
Dépôt légal : septembre 2006
Imprimé en France